KB080499

지악천 9권

초판1쇄 펴냄 | 2021년 12월 08일

지은이 | 일혼
발행인 | 성열관

펴낸곳 | 어울림 출판사
출판등록 / 2009년 1월 23일 제 2015-000062호
주소 / 경기도 고양시 일산동구 무궁화로 43-55, 801호 (장항동, 성우사카르타워)
TEL / 031-919-0122
FAX / 031-919-0127
E-mail / 5ullim@hanmail.net

ⓒ2021 일혼
값 8,000원

ISBN 978-89-992-7584-5 (04810)
ISBN 978-89-992-7209-7 (SET)

OULIM ORIENTAL FANTASY

樂

9

지악천

일혼 무협 장편소설

목차

지악천

池樂天

第 四 十 章 ― 남악

"하아암."

아직 축융봉에서 내려가지 않은 지악천은 지루함을 참아내지 못하고 크게 하품하며 가볍게 기지개를 켰다.

이미 원래 목적보다 더 많은 걸 이뤘고 슬슬 돌아가야 할 시일이 다가왔기에 최근 들어 지악천이 하는 건 하나뿐이었다.

자신을 돌아보는 명상. 신승이 지악천에게 먼저 권했던 일이었다. 그렇게 명상을 시작한 것이 어느덧 보름이 되는 날이었다.

'슬슬 내려가야겠지?'

1년을 채우려면 시간이 남긴 했지만, 이미 목적을 훌쩍 넘어선 성과를 이뤄냈으니 굳이 기한을 채우려고 할 필요는 없었다.

'이제 대략 3년이고 아직도 한참이나 남았네. 차라리 돌아다니는 게 빠르려나?'

찾으려는 사람은 당연히 아직 누구인지도 모르는 혈인이었다. 그때까지의 시일이 아직도 한참이나 남았고, 무인임을 고려한다면 최소 약관(弱冠)에서 지명(知命)까지는 두어야 했다. 그렇다면 지금은 더 어릴 수 있다는 뜻이기도 했다. 중원 전역을 대상으로 잡는다면 최소 혈인이 모습을 드러내기 전까지 찾아낼 수 있다는 확신을 할 수 없었다.

꾸욱.

혈인에 대해 생각만 했을 뿐인데 주먹에 힘이 들어가기 시작했다.

'그래도 전에는 떨림이 있었는데 지금은 그나마 낫네.'

화경에 오르기 전까지만 해도 혈인을 떠올리기만 해도 살기를 비롯한 감정을 잘 조절하지 못했는데 지금은 그런 기색은 거의 사라진 상태였다. 물론 혈인을 직접 마주한다면 어떻게 될지는 모르겠지만, 최소한 지금은 단순히 떠올리는 것만으로는 감정의 변화는 거의 없다고 봐도 무방했다.

다음 날. 지악천은 여느 때와 같이 술을 마시고 있는 무왕과 신승에게 다가갔다.

"음? 할 말이라도 있는가?"

신승의 물음에 지악천이 고개를 끄덕였다.

"예. 슬슬 내려가도 되지 않을까 싶습니다만."

지악천의 말에 호리병을 들어서 그대로 술을 마신 무왕이 말했다.

"하긴, 진즉 내려가도 상관없긴 했지. 안 그래? 땡중?"

무왕의 말을 가볍게 무시한 신승 역시 호리병째로 술을 들이켰다.

"하긴, 자네가 이 정도까지 단기간에 올라갈 줄은 예상하지 못했지. 그러니 내려가도 상관없긴 하겠지. 목표했던 수준은 이미 훌쩍 뛰어넘었으니까. 다른 부족한 부분도 최소 기본은 채웠기도 했고."

"두 분 다 허락하셨으니. 그럼, 모레쯤 돌아가겠습니다."

"그렇게 하게나."

신승의 말에 지악천은 가볍게 허리를 숙였다가 펴며 자리에서 물러났다. 그리고 그런 지악천이 물러서는 모습을 보던 무왕이 살짝 중얼거리듯이 말했다.

"징글징글하다. 정말 징글징글해."

"뭐가?"

"땡중. 넌 한 번도 손속을 안 섞어봤으니 모르겠지.

하지만, 나는 처음부터 끝까지 그랬잖냐."

"그러니까 뭐가?"

알맹이를 쏙 빼고 말하는 무왕의 말에 신승이 다시 물었다.

"뭐긴, 지금 저 녀석에 의해 태극혜검과 십단금 빼고 다 파훼 당했다는 말이지."

"……그 정도였나?"

살짝 놀란 듯한 신승의 표정을 본 무왕이 심드렁하게 말했다.

"쭉 봤으면서 딴소리 하냐?"

"아니, 그 정도라고?"

"저 녀석이 화경에 오른 이후부터 그 전과는 전혀 무공을 쓰기 시작했다는 건 알고 있지?"

무왕의 말에 신승은 작게 고갤 끄덕이는 것으로 답했다.

"녀석의 새로운 무공은 아주 특별해. 그중 가장 뛰어나 보이는 것은 단연 검법이지. 가장 기초적인 무리를 바탕으로 단단하면서도 자유로움이 거의 극에 달한 검공처럼 보이더군."

무왕의 말에 신승은 두 눈을 껌벅거리며 새삼스레 표정이 진중해졌다. 이제까지 무왕이 이렇게 평가한 것을 단 한 번도 본 적이 없었기 때문이었다.

"이해 못 하겠지? 바로 그 부분이야. 쓰는 사람이 워낙 단순하고 간결하게 검을 움직이니까 겉으로 보기에는 삼재검이나 다를 바가 없다고 느껴질 정도로 말이야. 그래서 더 대단한 거고.”

삼재검의 심오한 부분을 신승 역시 이해하고 있었다.

“그 정도의 심오함을 담고 있다는 건가? 자네 말대로 단단함과 자유로움을 담으면서도?”

“적어도 난 그렇게 느꼈다. 강(强), 경(輕), 변(變), 유(流), 중(重), 쾌(快), 탄(彈), 허(虛), 환(幻)? 기본 중 기본이고 어느 무공에서나 빠지지 않는 것들이지. 근데 보통 한 가지를 담기도 힘들지 않은가. 근데 녀석의 검공은 달라. 강을 섞었지만 유의 느낌이 물씬 풍겨, 중을 품었지만 그곳에는 경도 존재해. 그래. 이상하지. 나도 아는데 직접 당해보니 귀신이 곡할 노릇이라는 거지. 보통 이러한 방식은 일반적인 게 아니기도 하고. 물론 너나 나나 그렇게 하는 게 불가능하지도 않지. 하지만 그건 나나 땡중이니까 가능한 부분이고, 그렇게 쭉 배워왔던 이들에겐 다른 문제라는 거지.”

무왕이 말이 끝나고 신승은 잠시 생각에 빠졌다.

“……확실히 그렇군. 자네 말이 일리가 있어. 오랜만에 일리가 있는 말을 하는군.”

가볍게 농을 하는 신승의 모습에 무왕은 쥐고 있던 호리병에 담긴 술을 들이켰다.

“크. 이렇게 지내면서 바뀐 거지만, 이젠 저 녀석이 뭘 하든 신경 쓰지 않을 거다.”

“그렇군.”

무왕의 말에 신승이 그의 의중을 이해하기 무섭게 가볍게 미소를 지었다. 그리고 그 모습을 본 무왕 역시 미소를 지으며 신승에게 호리병을 살짝 들자, 신승이 자신의 손에 들려 있는 호리병을 입에 댔다. 마시라는 뜻이었다. 그렇게 시간은 어느덧 하루가 지났다.

"그동안 부족한 저에게 많은 가르침을 내려주셔서 감사했습니다."

"흘흘. 그런 인사는 됐네. 나중에 말코랑 내가 찾아가거든 내쫓지나 말게나."

"제가 감히 두 분께 그러겠습니까. 후에 찾아오신다면 부족함 없이 모시겠습니다."

지악천의 말에 신승은 웃고 무왕은 그만 가보라는 듯이 가볍게 손을 내저었다. 백촉이 신승에게 다가가 그의 다리에 한 바퀴 돌았다가 무왕에게도 똑같이 한 후에 지악천에게 다시 다가갔다.

"나름대로 인사를 하는 모양이구나."

"그럼. 가보겠습니다."

지악천은 그 말이 끝나기 무섭게 돌아서서 곧장 축융봉을 내려가기 시작했다.

"땡중."

"왜?"

"얼마나 있을 거냐?"

"뭘 더 있겠어? 슬슬 돌아가야지. 간간이 오는 전서에서 방장이 찾더라. 너도 마찬가지고."

"하, 망할 놈들. 근데 이런 손맛은 다신 느끼기 힘들 것 같은데."

초입에 다다를 때쯤 다수의 기척을 느끼고 멈춰 섰다.

'사람들?'

형산이 명산이긴 하지만 지금 지악천이 내려가는 방향은 사람들의 발길이 닿지 않는 외진 곳이었다.

'여긴 사람들의 왕래가 없는 곳인데? 그렇다고 약초꾼으로 보기에는 그 수가 많고… 흐음.'

그렇게 그들이 보이는 곳으로 자릴 은밀하게 옮긴 지악천은 수많은 이들이 물건을 옮기는 모습이 눈에 들어왔다. 그리고 그들을 보는 순간 포두로서의 본능이 꿈틀거렸다.

'이거 냄새가 나는데?'

포두로서의 본능을 믿으며 청각에 집중하기 시작했다. 지악천이 지켜보는지도 모른 채 바쁘게 짐을 옮기고 정리하는 그들 중 중년인이 소리쳤다.

"서둘러! 정오 전까지 정리 끝내고 옮겨야 하니까. 근데 오늘은 누구 차례야!"

그의 물음에 중년인보다 젊어 보이는 이가 주변의 눈치를 보며 말했다.

"접니다."

그의 말에 중년인이 그를 향해서 이리 오라는 듯이 손을 빠르게 까딱거렸다.

"다른 애들이 하는 거 봤지? 그냥 평소처럼 하면 되는 거야. 알겠지?"

중년인이 젊은이의 어깨를 두드렸다가 돌려보냈다.

"자자! 서둘러라. 옮기는 거 끝나면 다시 포장해야 하니까 이것들만 마무리하고 좀 쉬자!"

급한 일만 빨리 처리하고 쉬자는 중년인의 말에 물건을 옮기는 이들의 손발이 빨라졌다. 그렇게 한참을 여러 가지 물건을 옮기고 있는 이들을 지켜보던 지악천은 이상함을 느낄 수밖에 없었다.

'산적질 하는 것도 아닌데 왜 저렇게 하지? 그것도 저렇게 물건을 잔뜩 쌓아놓고.'

잠시 후 그들이 옮긴 짐을 다 실은 마차가 출발하기 시작했다.

'일단 따라가 볼까?'

그렇게 지악천은 형산 초입을 벗어나는 마차를 따라가기 시작했다. 그리고 그 마차가 가는 방향을 읽어내는 건 금방이었다.

'남악으로 가네?'

물론 짐을 잔뜩 실은 마차의 최종 목적지가 남악이라고 단정 지을 순 없지만, 포두로서의 직감을 강하게 자극하는 냄새를 무시할 순 없었다.

'일단 저자가 남악에서 누구와 접촉한 지부터 알아봐야겠군.'

생각을 정리한 지악천은 속도를 올려 마차보다 빠르게 성문으로 향했다. 마차가 안 보이는 곳까지 빠르게 날아오듯이 달려온 지악천은 성문을 보며 속도를 줄였다.

'흐음… 생각보다 사람이 많네?'

작년 이맘때에는 저렇게 많은 이들이 남악으로 들어가려고 하지 않았는데 올해는 많아 보였다.

'내가 자릴 비운 사이에 무슨 일이라도 있었나?'

거의 1년 동안 자릴 비웠으니 정확한 상황파악은 후포성에게 물어보면 알게 될 일이었다. 뒤에 오고 있는 마차를 생각하니 굳이 여기서 시간을 낭비할 순 없다.

일단 지악천은 다른 이들에 눈에 띄지 않게 성벽을 넘어 강성중을 찾기 위해서 기감을 넓히면서 백촉에게 말했다.

"백촉아. 오랜만에 강 형 찾아줘."

지악천의 말에 백촉이 도리질했다. 그런 백촉의 거부 의사에 고개를 갸웃거리다가 금방 왜 그런지 알 수 있었다. 그 이유는 그들의 뒤쪽으로 불어오는 바람 때문이었다.

"그러면 이걸 가지고 동루객잔으로 가 있어. 네가 가면 알아서 챙겨주겠지. 나도 금방 갈 테니까 알겠지?"

지악천이 백촉의 머리부터 허리까지 반복적으로 쓰다듬으며 말했다. 백촉이 빠르게 지붕을 타고 빠르게 동루객잔이 있는 곳으로 향했다. 그렇게 백촉이 지붕을 타고 움직이는 모습을 보던 지악천도 움직이기 시작했다.

그 방향은 백촉이 향한 반대편이었다. 가벼운 발걸음으로 기감을 넓히면서 지악천이 가는 곳은 그가 형산으로 가기 전에 제갈세가가 사버렸던 객잔으로 향했다.

'흐음… 제갈세가가 돌아간 건가?'

그 객잔을 바라보는 와중에 지악천의 기감에 잡히는 무인이 거의 없었다. 마치 본래의 객잔으로 돌아간 듯했다. 거기다 객잔에 있는 점소이도 다른 사람이었고 주방에 있는 숙수도 지악천이 본적이 없었던 사람으로 바뀌어 있었다.

'도대체 어떻게 된 거지?'

지악천은 이상함만 느낀 채로 걸음을 다른 곳으로 옮겨야 했다. 그렇게 백촉이 기다리고 있을 동루객잔으로 향했다. 동루객잔이 있는 거리에서 백촉과 만났다.

"왜 그래? 왜 여기에 있어? 안에서 기다리라고 했잖아."

도리도리. 지악천의 말에 백촉이 고개를 좌우로 흔들었다. 백촉의 의사 표현을 완벽하게 이해하기는 불가능했지만, 한 가지는 확실해 보였다.

"일단 가보자."

지악천이 혼자 거리를 다닐 땐 사람들이 그를 알아보지 못했지만, 백촉과 함께 다니는 순간 사람들의 시선이 지악천과 백촉에게로 향했다.

"오! 지악천 포두님! 돌아오셨구나!"

사람들이 점점 지악천을 알아보기 시작하면서 거리가

지악천 18

떠들썩하게 변하기 시작했다.

"후……."

결국 하나둘씩 모여드는 사람들 때문에 동루객잔으로
는 가지 못하고 발길을 돌려 현청으로 향했다. 그렇게
현청의 정문 인근에 다다랐을 때 그제야 지악천을 알아
봤는지 두 명의 관졸이 알은체해왔다.

"어! 지 포두님! 잘 다녀오셨습니까?"

"그래. 잘 다녀왔다."

자신을 엄청 반갑게 맞이하는 그들의 모습에 속으로
살짝 의아했지만, 굳이 반갑게 맞아주는 걸 싫어할 필
요는 없었다. 그들의 시선이 묘하게 반짝이는 게 속에
걸렸지만, 묻진 않았다. 그렇게 현청에 들어서는 내내
현청에 있는 이들과 마주하는 족족 인사를 나누며 먼저
자신의 방으로 향했다.

'음? 누가 있나?'

이 전각에는 방이 5개였는데, 지악천이 떠나기 직전
까지만 해도 그와 후포성만 머물던 곳이었다. 그런데
지금 전각에는 2명의 기척이 느껴졌다. 물론 자신이 머
물던 방은 아니었고 후포성이 머물던 방도 아닌 빈방이
었던 곳에서 느껴지고 있었다.

'내가 모르는 사이에 누가 새로 왔나?'

일단 입구에서 가장 가까운 자신의 방으로 들어가기
무섭게 백촉이 침상 밑에 자릴 잡고 앉았다.

"당분간은 너 하고 싶은 대로 해. 하지만 널 공격하는

사람이 아니면 건들진 말고."

그 말만 하고 바로 포두복으로 갈아입은 지악천이 다시 방을 나가려고 할 때 한 인영이 가로막았다.

"누구야!"

그 목소리의 주인은 후포성이었다.

쿵!

"억!"

지악천에게 한 대 맞은 후포성이 머리를 양손으로 감쌌다.

"누구겠냐?"

"……포두님?"

지악천의 목소리를 인지한 후포성이 조심스러운 목소리로 되물었다.

"내 방에 내가 들어가지 누가 들어가겠냐? 왜 누가 내 방에 들어오기라도 했었냐?"

"아니, 분명 포두님 기척이 아니었는데…….."

아직도 아픈지 양손으로 머리를 감싼 상태로 후포성이 한 말에 지악천은 속으로 슬며시 미소 지었다.

'아마도 반박귀진 때문이겠지.'

지악천이야 당사자니까 그다지 인지하지 못하겠지만, 다른 이들은 달랐다. 겉으로 보이는 지악천의 모습이 평범한 이들에 가깝기에 후포성이 헷갈릴 만도 했다.

"됐고, 현령님에게 인사드리고 올 테니까 기다리고

있어라. 내가 자리 비운 사이에 무슨 일이 있었는지 알아야 할 것 같으니까."

지악천의 말에 아직도 머릴 감싸고 있는 후포성이 고갤 끄덕였다.

"제 방에서 기다리겠습니다."

뒤돌아 자신의 방으로 가는 후포성이 투덜투덜하는 소리를 들으며 지악천은 현령을 만나기 위해서 움직였다.

반 시진 동안 현령과 얘길 나눈 지악천은 의외의 얘길 접할 수 있었다.

'상인들의 출입이 겨울부터 많아졌다니. 신기하기도 하지만, 묘하네.'

상인들의 출입 많아졌다는 것과 형산 초입에서 봤던 광경을 합치니, 구린 냄새가 느껴졌다. 그렇게 의문을 가진 채로 후포성에게 더 자세한 내용을 듣기 위해서 그에게로 향했다.

"오셨습니까."

"어. 근데 아까는 너 말고 다른 사람도 있었던 거 같은데 지금은 없네?"

"예? 그럴 리가요."

지악천의 말에 후포성은 모르겠다는 듯이 고갤 흔들었다.

"잠깐만."

모른다는 후포성의 말에 지악천은 바로 돌아서서 기

척이 느껴졌던 방으로 향했다.

'흐음… 흔적이 없잖아? 내가 잘못 느꼈을까?'

분명히 느꼈지만, 지금은 이곳에 누군가가 있었다고 말할 수 있는 증거가 단 하나도 없었다.

"쯧."

가볍게 혀를 찬 지악천이 다시금 후포성이 있는 방으로 돌아왔다.

"진짜 누가 있었습니까?"

딱히 이렇다 할 증거가 없었기에 지악천은 고갤 흔들었다.

"아니, 없더라. 내가 착각했나 보다."

지악천의 말에 후포성이 가슴을 쓸어내리며 크게 한숨을 내쉬었다.

"후… 다행이다. 저 진짜 귀신 무서워합니다."

그런 후포성의 말에 지악천이 미간을 찌푸렸다.

"야, 넌 무인이면서 그런 걸 무서워하냐?"

"아니… 어릴 때 귀신 봐서 그럽니다."

"착각 아니. 됐다. 자릴 비웠을 때 생긴 일들이나 말해봐. 네가 생각해도 이상하다 싶은 것들만."

"어, 음… 그러니까… 아! 대충 반년 전까지는 별다른 일 없었고 평소 같았습니다. 그 후부터 달라졌죠. 혹시 오시면서 보셨습니까? 상인들."

"어. 봤지."

일단 지악천은 후포성의 설명을 들은 후에 자신이 봤

지악천

던 것을 말할 생각이었다.

"아무리 남악에 잡배들이 없다곤 하지만, 단지 그것만 가지고 상인들의 왕래가 잦다는 것이 좀 이상하긴 한데, 그렇다고 막무가내로 꼬투리를 잡기에는 상인들의 소속도 다르고 반년 동안 주기적으로 상행까지 하니 양민들도 좋아하니 그러더라고요."

"그래서?"

"뭐, 남악의 입장에선 수입이 늘어서 좋다는 거죠."

"다른 문제는 없었고?"

"음… 문제가 전혀 없진 않았습니다. 상행하던 상인 중 하나가 어느 날 현청으로 찾아와서 현령님부터 저까지 뇌물을 주려고 했죠."

후포성의 말에 지악천의 눈살이 찌푸려졌다. 뇌물이라는 말에 당연히 좋은 반응이 나올 수가 없었다.

"갑자기?"

"예."

"무슨 이유로? 그냥 잘 봐달라고?"

"뭐, 그런 것도 없지 않은 것이 알고 보니 제갈세가가 매입했던 객잔이 매물로 나와서 사려고 했던 사람들이 많았던 모양인지, 그래서 뇌물 좀 주고 입김 좀 불어달라는 거였죠."

"그래서 받았냐?"

지악천의 물음에 후포성이 그럴 리가 있겠냐는 듯이 손사래를 치면서 미소 지었다.

"에이, 받았으면 내가 미쳤다고 포두님에게 말했겠습니까? 당연히 받지도 않았고 그놈에게 태형 20대로 처벌했죠."

"잘했네."

"아무튼지 그 일 후로 소문이 퍼져서 그런지 뇌물 주러 오는 놈들은 없었고 지들끼리 알아서 거래하더라고요."

"그래서 동루객잔도 주인이 바뀐 모양이지?"

단정적인 말에 후포성은 살짝 놀란 표정을 지었다.

"어? 거기 갔다 오셨어요?"

"아니, 갈려고 했는데 중간에 사람들이 알아봐서 현청으로 왔지."

"아. 아무튼, 그렇게 된 뒤로 객잔 주인들 다 바뀌었고 주루의 루주들도 싹 다 바뀌었죠."

"그 흑연이 관리하던?"

살짝 의심의 눈초리를 한 지악천의 물음에 후포성은 별 느낌 없다는 듯이 말했다.

"예. 그때 이후로 흉물에 가까웠는데 어디서 능력 좋은 상단이나 상인이 인수했는지 아주 멋들어지게 변했습니다."

"흠… 그래? 나중에 가보면 알겠지. 다른 건? 더 없어?"

"예… 별다른 건 없습니다. 사고치는 애들도 없고 상인들도 별다른 다툼이 없었습니다."

마지막에 후포성의 한 말에 지악천의 눈초리가 다시 변했다.

'상인들이 별다른 다툼이 없었다고?'

다른 것들은 다 그럴 수 있다고 생각했는데 마지막에 한 말이 이상했다.

"진짜 안 싸웠어? 상인들이?"

지악천으로선 전혀 이해할 수 없었다.

수많은 상인이 오간다면 그만큼 분쟁이 없을 수가 없는데 전혀 없다니 이상하지 않겠는가.

"예……."

살짝 상기된 지악천의 목소리에 후포성은 점점 작아졌다.

"왜 그래? 그냥 있던 사실만 말하는 건데."

지악천은 후포성이 이상함을 느끼지 못하는 것을 당연하게 생각했다. 지악천이야 경험과 기억을 가지고 있기에 그런 생각이 가능했지만, 후포성은 사실상 특채로 포두가 된 상황이니 그런 부분을 눈여겨볼 이유가 없었다.

"질책할 생각 없어. 사실상 특채인데 잘잘못을 따지겠냐. 자릴 지켜준 것만으로도 충분하지."

나름대로 열심히 하고 있다고 생각했던 후포성은 내외적으로 시무룩해졌다.

"어차피 나머지 일은 내가 처리하면 되니까 됐고, 강형은 어디 갔냐?"

"아, 한 한 달쯤 됐나? 일 있다고 자릴 비웠습니다."

"무슨 일인지는 별다른 얘기 안 해줬고?"

"넵."

후포성의 말에 지악천은 턱을 괴며 강성중에 대해서 잠시 생각에 빠졌다.

'흐음, 굳이 강 형이 이렇게 장시간 자릴 비울 정도의 급한 일이 있다면 무림맹의 일이겠네.'

"제갈세가 쪽은?"

"다른 장원을 구해서 옮겼습니다. 객잔보다 장원이 낫지 않습니까."

"그건 그렇지."

"제갈세가에서도 별다른 말은 없었지?"

지악천은 내심 그나마 눈앞에 있는 후포성보다 머리가 돌아가는 제갈세가에서 이상함을 느끼지 않았을까 싶었다.

"없는데요?"

"…그래. 일단 일 하나만 해라. 형산 초입에서 위로 말고 좌측으로 돌아가면 어떤 놈들이 있을 거다. 그놈들 동태 좀 살펴봐. 뭐 하는지 누굴 만나는지"

"누군데요?"

"모르지. 모르니까 시키는 거잖아. 알면 굳이 시키겠어?"

"충분히 일부러 시키…… 악!"

따악!

지악천 26

지악천의 손이 후포성이 인지하기도 전에 그의 머리를 때렸다.

"쓸데없는 헛소리하지 말고 한 시진 정도만 지켜보고 와."

"다른 일 뭐 또 있습니까?"

"일단 제갈세가 쪽 사람들 만나봐야지."

"아."

"입 벌리고 있지 말고 빨리 가. 딱 보면 뭐 하는 놈들인지 생각도 해보고."

지악천의 말에 떠밀 듯이 나가는 후포성에게선 불만이 가득한 목소리가 흘러나왔다.

"네에에."

불만을 내뱉은 후 후다닥 사라진 후포성을 뒤로한 채로 지악천은 앞서 후포성이 설명해준 제갈세가가 매입했다는 장원으로 가려고 했다.

"미야야양."

배고프다는 감정이 잔뜩 실린 날카로운 울음소리로 자신의 발을 붙잡는 백촉 때문에 지악천은 일단 목적지를 바꿔야 했다.

"아. 그러네. 가자. 일단 밥이 먼저지."

지악천과 백촉이 객잔으로 움직이고 있을 때 경공으로 단박에 남악의 성벽을 넘어 형산 인근까지 도달한 후포성은 고개를 절레절레 흔들었다.

'아니, 뭐가 있다는 거야.'

그렇게 속으로 지악천의 말을 믿지 않고 있었다. 단지 자신을 골탕 먹이려고 하는 것이라는 생각이 강했다.

'일단 속는 셈치고 간다.'

평소라면 절대 가지 않았겠지만, 근 1년 만에 돌아온 지악천의 말이기에 못 이기는 척 움직였다. 그렇게 지악천의 말대로 형산 초입에서 좌측으로 빙 돌아서 가는 중에 후포성의 기감을 자극하는 무언가가 느껴지기 시작했다.

'사람? 짐승?'

그렇게 앞쪽에서 무언가가 확실하게 움직이는 것이 느껴지자, 후포성의 표정은 달라질 수밖에 없었다.

'일단 확인부터 하자.'

그렇게 결정을 내린 후포성이 기척을 최대한 죽이며 조심스럽게 자신의 기감을 자극했던 것이 사람인지 짐승인지 판별하기 시작했다.

'진짜 사람이네? 장난이 아니었네?'

그제야 지악천이 장난치지 않았다는 걸 알게 됐지만, 속으로 미안한 감정을 느끼는 것은 한순간에 불과했다.

'속으로 욕해서 미안합니다.'

후포성은 지악천의 말이 진실이라는 것을 인지하고서 조심스럽게 움직였다. 100여 장을 조심스럽게 움직였던 후포성은 자신의 눈에 보이는 것들을 보고 어이가 없었다.

'저게 다 뭐야?'

각종 상자와 상단의 마차들이 즐비하게 늘어져 있는 것이 눈에 들어왔다. 그 물건들에 정신이 팔려 있다가 이내 그 물건들 인근에 있는 이들에게 집중했다. 그렇게 그들을 한참이나 바라보던 후포성은 그중 한 사람이 아주 낯이 익었다.

'어? 저놈은?'

후포성의 눈에 보이는 한 사내는 아까 그가 지악천에게 말했던 현청에 뇌물을 뿌리려다가 태형으로 처벌당했던 상인이었다.

'귀신이네. 귀신.'

후포성은 지악천의 말을 떠올리며 부르르 떨었다. 하지만 금세 그런 증세는 사라졌고 후포성의 눈이 차가워졌다. 지악천의 언질도 있었고 후포성 역시 포두질을 해먹은 기간은 짧긴 해도 낭인으로 지내온 기간이 있는만큼 눈치라는 게 있기 마련이었다. 지악천처럼 포두로서의 감각이 아닌 낭인으로서의 감각은 저들이 무언가 더러운 짓거리를 준비하고 있다는 신호를 보냈다.

'쓰읍. 어째 잠잠하다고 했는데 복귀하자마자 일거리를 물어 오시네. 그것도 아주 커다란.'

후포성은 상인들로 보이는 이들의 주변에 있는 물건들의 양을 보고 상단의 크기를 가늠할 수 있었다. 짧은 포두 생활과 낭인 바닥에서 굴러먹은 시간이 그것을 가능하게 만들었다.

'후… 일단 좀 더 지켜보고 보고해야겠네.'

객잔에서 고기를 양껏 뜯고 나온 지악천은 백촉을 돌려보내고 그제야 외각에 자리한 제갈세가가 새롭게 마련한 장원으로 향했다.

'아무리 외각이고 매입한 장원이라지만, 사람이 생각보다 별로 없네?'

이전 객잔에서는 항상 대략 20명이 상주하던 것과 비교하면 장원의 크기에 비해 제갈세가의 무인들이 별로 없는 느낌이었다.

'시바나, 일할 사람들은 대부분 양민인 거 같고… 무인은 대충 7~8명쯤 되려나?'

물론 그것을 자세하게 조사하고 싶은 생각은 없었기에 자신의 기감을 넓게 퍼트려 존재감을 드러내는 대신 대충 느껴지는 정도만 계산한 것이었다.

그렇게 장원의 입구에 다다랐을 때까지도 입구를 지키고 있는 이들은 지악천에 대해서 크게 신경 쓰지 않았다.

지악천이 포두복을 입은 상태였는데도 마치 그들의 시선 밖에 있는 듯한 존재감은 반박귀진으로 인한 현상이었다.

"크흠."

지악천 역시도 그렇게까지 자신을 알아보지 못하는

그들의 모습에 오히려 크게 헛기침까지 해야 할 정도였
다.

"음? 누구십니까?"

지악천의 헛기침이 입구에 서 있는 자신들을 향한 것
이란 것을 인지한 무인이 다소 따분한 듯한 표정을 빠
르게 고쳤다.

"이곳 현청의 포두입니다만? 제갈세가가 매입한 장
원이 이곳이라고 들어서 들렀습니다."

지악천의 말에 그들은 그제야 지악천의 옷을 보고 포
두라는 걸 인지했다. 그리고 이들 중 하나가 지악천을
알아보는 듯했지만, 확신하지는 못했는지 연신 고개를
갸웃거리고 있었다.

"저기… 혹시 지악천 포두님 맞으십니까?"

확신을 가지지 못해 다소 자신감이 떨어지는 그의 물
음에 지악천은 가벼운 미소를 짓는 동시에 고개를 끄덕
였다.

"맞습니다. 장시간 자릴 비웠는데 오늘 돌아와서 다
른 분들 얼굴이나 뵐까 해서 이렇게 왔습니다. 안에 계
십니까?"

지악천의 대답에 그들의 태도가 무척이나 정중하게
변했다.

"현재는 제갈수 장로님만 계십니다."

"일단 제갈수 장로님에게 기별을 넣어주시겠습니
까."

그 말에 지악천을 알아봤던 이가 먼저 안으로 들어갔고 남은 사내는 연신 지악천을 신기하다는 듯이 바라보고 있었다.

'이거 왠지 동물이 된 느낌인데? 백촉에게 향하는 시선이 어떤지 대충 이해할 수 있을 거 같다.'

그렇게 잠시 후 안으로 들어갔던 이가 밖으로 나왔다.

"지악천 포두님. 안내하겠습니다. 장로님께서 기다리고 계십니다."

최대한 정중한 자세를 취하는 그를 보며 지악천이 장원의 안으로 발을 들였다. 장원에 들어선 지악천은 눈으로 주변을 훑어봤다.

'이 자리가 이런 장원이 아니었는데 개축과 증축을 한 건가?'

본래 지악천이 기억하고 있던 이 장원의 전(前) 주인은 유일하게 장원만 가지고 있던 찢어질 듯이 가난한 토호였다.

'욕심 많은 인간에게 돈 좀 썼나 보네.'

가벼운 감상평을 떠올리면서 조금 걸은 후에 한 전각 앞에 섰다.

"들어가시면 됩니다. 바로 시비를 보내겠습니다."

제 말만 하고 돌아서는 그를 뒤로하며 지악천은 안으로 들어갔다. 전각의 입구를 열고 들어간 지악천은 어디로 가야 할지 모를 수가 없었다. 제갈수가 자신의 존재감을 감추려고 하지 않았기 때문이었다. 그리고 지

악천이 문 앞에서 서기 무섭게 안에서 제갈수의 목소리
가 들려왔다.

"왔으면 그냥 들어올 것이지 왜 기다리는가?"

그 말에 지악천은 그대로 문을 열고 안으로 들어섰다.

"오랜만에 뵙습니다."

"……."

제갈수는 문을 열고 안으로 들어오는 지악천을 보며
침묵했다. 순간적으로 너무 평범하게 보이는 이가 들
어서자, 일순간 지악천이 맞나 싶을 정도로 그의 인지
능력에 부하가 밀려오는 듯했다. 하지만 분명 목소리
는 지악천이 수련을 떠나기 전에 들었던 목소리가 맞았
다. 그리고 지악천의 태양혈을 보는 순간 제갈수의 눈
이 커졌다.

"왜 그러십니까."

인사에도 대답이 없고 자신을 보더니 두 눈을 크게 뜨
는 제갈수의 모습을 본 지악천이 물었다. 제갈수는 빠
르게 머릿속에 떠도는 생각들을 한쪽으로 밀어내며 말
했다.

"아무것도 아닐세. 아무튼, 반갑군. 그건 그렇고 그분
들은?"

"아. 일단 저부터 먼저 내려와서 잘 모르겠습니다. 축
융봉에 좀 더 계실 수도 있고 돌아가실 곳으로 돌아가
셨을 수도 있겠죠."

지악천의 말에 충분히 공감한다는 듯이 연신 고개를

끄덕이던 제갈수가 표정을 바꾸며 살짝 미소 지었다.

"…그렇군. 그리고 대성(大成)을 축하하네. 어느 정도 예상은 하긴 했지만, 화경(化境)이라니."

"감사합니다."

"그리고 태양혈이 매끈하게 변한 걸 보니… 반박귀진까지 이룬 것이로군."

이미 지악천의 외부에 별다른 특징이 거의 사라졌기에 판단을 내리는 데 어렵지 않았다.

"예. 맞습니다."

지악천은 제갈수를 상대로 속일 생각도 없었기에 담백하게 말했다. 그 후 시비가 가져다준 차를 마시며 가벼운 사담을 나누고 난 후에 지악천이 물었다.

"아, 연락이 온 게 있습니까?"

지악천은 차진호에 관해서 물었다.

"누구… 아, 그쪽. 구지신개에는 별다른 소식은 없었네."

'잘 지내겠지.'

"무소식이 희소식이겠죠."

지악천의 말이 꽤 마음에 들었는지 제갈수의 고개가 움직였다.

지악천이 제갈수와 만남을 끝으로 현청으로 돌아가고 있을 시각에 후포성은 아직도 그들을 지켜보는 중이었다.

'와, 무서운 새끼들이네. 왜 저렇게까지 하는 거지?'

후포성은 지악천이 암상과 마찰이 있다는 사실을 모르기에 왜 저런 일이 일어나고 있는지 이해하지 못하고 있었다. 후포성의 눈은 어딘가에서 온 빈 마차들에 쌓아뒀던 짐을 차곡차곡 쌓고 있는 이들을 향해 있었다.

'설마 저것들을 전부 가지고 가는 건가?'

그렇게 그들이 짐을 쌓는 모습을 지켜보던 후포성이 하늘을 올려다보았다. 마침 서서히 노을이 지고 있었다.

'일단 돌아가야겠다.'

찌릿!

흠칫.

그렇게 돌아가야겠다고 마음먹고 돌아서는 그 순간, 마치 뭔가가 자신을 바라보는 듯한 시선을 느꼈다.

'뭐야?'

돌아서서 시선이 느껴졌던 것 같은 곳을 바라봤지만, 그곳엔 아무도 없었다.

지악천은 후포성보다 앞서 현청에 돌아와 십장들에게도 후포성과 비슷한 질문을 한 후에 돌아온 후포성과 만나 대화를 나누는 중이었다.

"흐음… 뇌물을 주려고 했던 놈이 거기에 있었다?"

"솔직히 포두님 말 안 믿었는데 막상 보니 믿지 않을 수가 없더라고요."

자신의 말을 믿지 않았다는 말에 지악천의 눈가가 씰룩였지만, 일단 넘어갔다.

"그래서?"

"그래서고 자시고 보니까 포두님 말대로 그곳에 딱 그놈들이 있었고 물건도 엄청나게 많이 실어다가 나르고 있었다는 거죠."

"또 나르고 있었다고?"

"예. 해질 무렵 되니까 수레랑 짐마차가 어디서 왔는지 잔뜩 왔었죠."

"그래서 그것들이 남악으로 오는 거 같았어?"

"……."

후포성은 꿀 먹은 벙어리처럼 입을 다물었다. 그런 후포성의 반응을 본 지악천은 대충 짐작이 갔다.

"그것까진 확인 안 했지?"

"헤헤."

자신이 잘못했다는 걸 알기에 후포성은 어수룩한 표정을 한 채로 뒤통수를 긁적거렸다.

"어차피 이곳으로 오기겠지. 유시(酉時) 전까지 상단 행세를 하면서 안으로 들어오려는 거겠지."

'도대체 무슨 속셈이지? 대충 짐작될 만한 곳을 간추려 본다면 암상(暗商) 같긴 한데 굳이 이렇게까지 할…… 아. 나 때문이군. 내가 자릴 비워서 이렇게 된 거야.'

당시 암상과 싸울 때 그 자리에 지악천만 있었던 것은

아니었다. 허나 암상이 그렇다고 제갈세가를 상대로 일을 벌일 수는 없고, 강성중은 무림맹의 은영단 소속이니 그에 대해서 알 길이 없을 터였다. 결국엔 그 사건의 원흉이라고 할 수 있는 지악천을 노리는 것이 가장 정확했다.

하지만 그 사이에 지악천이 수련하기 위해서 자릴 비웠기에 이렇게 됐다고 생각한다면 대충 그림은 그려졌다. 호남 전반적으로 평판이 좋은 지악천을 그들이 흔들 방법은 결국 영향력을 갉아먹는 것이었다. 가장 손쉬운 방법은 뇌물이지만, 뇌물이 지악천에게 통할 리가 없었다.

지금까지 당당하게 받은 재물이나 예전에 뒤로 돌린 재물만 따져도 어지간한 상단 서너 개는 가볍게 상대할 수 있는 수준이었으니까. 물론 상대가 그 사실을 얼마나 알고 있냐의 문제겠지만, 일전에 뇌물 사건과 현재 남악을 장악해가는 이들을 놓고 본다면 충돌은 그리 멀지 않은 것처럼 보였다.

"흐음……."

"왜 그러십니까?"

"누군지 대충 예상이 되네."

"그게 누굽니까? 미치지 않고서 남악에서 뭔가를 한다는 겁니까? 포두님은 흑연도 무서워하지 않지 않습니까."

"그럴 만한 곳이 있거든. 잘 생각해봐. 상인들과 상단들을 이렇게 움직일 수 있는 곳."

"남악을 휘어잡으려고 할 만한 곳이라면… 대룡상단
(大龍商團), 만상보(萬商堡), 금화상련(金花商聯)?"

"더 없어? 잘 생각해봐."

"더요? 음… 히익! 설마? 암상?"

흑연과 연계해서 낭인으로 지내왔던 경험이 거짓이
아니라는 듯이 암상을 떠올린 후포성의 표정은 영 좋지
못했다. 그리고 이어지는 지악천의 말에 좋지 못한 후
포성의 표정은 더 안 좋아졌다.

"맞아. 암상. 너는 그 당시에 없었으니까 잘 모르겠지
만, 그들과 일이 있었거든."

"아아!!!"

지악천의 말을 더 듣기 싫다는 듯이 두 귀를 막은 후포
성이 소리를 약하게 질러댔다.

딱!

"아악!"

귀를 막고 소리를 질러대는 후포성의 머리를 향해 붓
을 던져 그의 이마를 때렸다.

"시끄럽다. 어차피 언젠가는 해결해야 할 문제가 코
앞으로 다가왔을 뿐이야. 암상 문제는 나만 걸리는 게
아니고 현령님과도 연관이 있으니까."

현령까지 연관되어 있다는 말에 후포성은 이마를 쓰
다듬으면서 어울리지 않게 정색한 표정으로 물었다.

"아니, 도대체 뭘 하고 다녔던 겁니까?"

"……."

지악천이라고 어디 일을 벌이고 싶어서 벌렸겠는가. 하다 보니 이렇게 되고 저렇게 된 것일 뿐이었다.

"아무튼 눈치 없이 쓸데없는 짓 하지 말고 그냥 지켜보기만 해. 알겠어? 그들이 암상과 연관됐다는 증거 없이 그들을 몰아붙였다가 귀찮은 일에 휩쓸리고 싶지 않으면."

"네네. 어련하시겠습니까. 쓸데없는 일에 엮일 생각은 추호도 없습니다."

불만 가득한 후포성의 말에 지악천은 한 대 더 쥐어박을까 했지만, 화경에 닿은 후의 극한에 근접한 인내심으로 참아냈다.

* * *

지악천이 남악에 도착한 다음 날.

까득, 까드득.

"개새끼가 드디어 왔다고?"

부총관이 자신의 너덜너덜한 손톱을 깨물며 묻는 말에 사내가 대답했다.

"예. 부총관님."

"반년… 씨발. 그 새끼 처리하고 전부 다 차지해야 손해가 없을 거야. 아니지. 제대로 이용할 수 있다면 지금까지 쓴 것, 배 이상으로 이익을 극대화할 수 있겠군."

부총관은 단 한 번도 마주한 적 없었지만, 이미 용모

파기로 수도 없이 접했기에 지금도 지악천이 코앞에 있는 듯한 느낌이었다.

"그렇다면 슬슬 조정을 시작합니까?"

"어. 원래 물건 값은 물건을 파는 상인이 정하는 거고, 그것은 하루하루가 달라지는 법이니까."

"알겠습니다."

부총관의 말에 허리를 숙이며 사내가 밖으로 나갔다. 사내가 나갔는지에 관심이 없는 부총관은 다시금 자신의 손톱을 물어뜯으면서 중얼거리기 시작했다.

까드득.

"놈을 무조건 죽여야 해. 죽여야만 내 실책을 지울 수 있어. 무조건 죽여야 해. 무조건."

초췌해진 부총관과 대화를 끝내고 나온 사내는 자신을 기다리고 있는 이들을 향해서 목소리를 높였다.

"오랫동안 기다렸다. 이제 시작해라."

사내의 말에 그를 기다리고 있던 이들의 눈빛이 사납게 돌변하면서 빠르게 사방으로 흩어지기 시작했다. 그리고 사내는 자리를 옮긴 후 쪽지에 글을 써서 전서구에 달아놓은 후에 전서구를 날렸다.

* * *

정오가 지는 오후에 남악에서 가장 높은 건물의 꼭대기에 올라와 있는 지악천은 한 곳을 바라보며 턱을 괴고 있었다.

'흐음…… 무슨 생각이지?'

지악천은 많은 짐을 실은 마차들이 줄지어 남악으로 들어서는 모습을 지켜보고 있었다.

'어제 저녁에도 성문이 닫히기 전까지도 마차들이 들어왔는데 오늘은 그보다 더 많은 양이군. 진짜 남악의 상권을 장악해서 영향력을 발휘하려고 하는 건가?'

지악천은 금력(金力)의 위력을 잘 알고 있었다. 하지만 아무리 금력이라고 해도 한계는 명백했다. 한 개 도시를 관리하는 현령과 토호들이 쥐고 있는 권력이 금력의 영향에서 그나마 벗어났다고 할 수 있는 곳이 바로 남악이었다. 다른 곳이라면 진즉에 금력 앞에 무릎 꿇었어도 그리 이상하지 않았다. 거의 3년이라는 시간이 지났다곤 하지만, 아직도 많은 이들이 아직도 기억하고 있었으니까 말이다. 전임 현령과 관계되었던 이들이 어떻게 되었는지 말이다.

'하지만, 사람은 결국 잊어버리기 마련이야.'

종국엔 이익 앞에 두고 눈을 감아버릴 것이란 것을 짐작할 수 있었다. 그리고 그 시작은 지금부터라는 것을.

'강 형이라도 있으면 손을 빌리겠는데 결국 혼자 해야겠네.'

언제 돌아올지 알 수 없는 강성중을 마냥 기다릴 순 없기에 지악천은 결국 전면적으로 모습을 드러내 그들을 도발하기 위해서 움직이기도 결정했다. 현청으로 돌아온 지악천은 순찰 나간 관졸들을 제외한 모든 이들을 불러 모았다. 거의 1년 만에 돌아오기도 했지만, 반 박귀진 때문에 예전 특유의 위압감이 없어서 그런지 좀 어수선한 느낌이 있었다. 그런 분위기를 잡기 위해서 목소리에 힘을 실었다.

"조용! 최근 반년 사이에 상인들의 왕래가 잦아졌다는 것을 다들 알고 있겠지?"

"예!!!"

"그러면 근래에 그들 중 하나가 현청을 대상으로 뇌물을 건네려다가 태형을 받았다는 걸 알고 있겠지?"

"예!!!"

"너희들 중에 누군가가 찔러주는 잔돈이라도 받았다면 지금 이 자리에서 자진해서 나와라. 지금 나오면 액수만 토해내는 정도로 끝내겠다."

"……."

그들의 침묵에도 지악천은 별다른 표정의 변화는 없었다.

"만약 부끄럽다면 딱 사흘의 시간을 주겠다. 밀고 같은 건 받지 않는다. 본인이 와라. 만약 사흘이 지난 후 조사 과정에서 드러난다면 처벌을 각오해야 할 것이다."

훅.

지악천이 바로 그들이 보는 가운데 허리를 숙였다.

"너희들이 허물이 없는데 내가 허물이 있다고 의심을

지악천   42

했다면 지금처럼 사흘 후 똑같이 사죄하겠다. 그러니
혹시나 하는 것도 말해줬으면 한다."

허릴 숙이고 말하는 지악천의 행동에 관졸들의 표정
이 싹 굳었다. 이런 일에 허리까지 숙일 건 아니기 때문
이었다. 본래 주기적으로 행해졌어야 할 감사(監査)에
불과했으니까.

휙휙!

지악천의 옆에 서 있던 후포성이 팔을 펼쳐 손을 흔들
었다. 돌아가라는 듯이.

"돌아갔습니다."

후포성의 말에 지악천이 허리를 폈다.

"표정은?"

"뭐, 좋지도 안 좋지도 않은 그런 느낌이었습니다."

"흐음… 일단 지켜보고 있어. 난 걔들 자극해봐야 하
니까."

"예."

후포성의 대답을 듣고 지악천은 단박에 뛰어올라 담
벼락을 뛰어 넘어갔다. 그런 지악천의 뒷모습을 보면
서 후포성은 귀찮은 일을 떠맡았다는 듯이 찝찝한 표정
을 하고 있었다. 빠르게 움직이던 지악천이 향한 곳은
전에 올라왔던 건물의 지붕 위였다. 지붕 위에서 그가
바라보는 곳은 아직도 천천히 밀려들어 오고 있는 마
차들의 행렬이었다. 계속해서 밀려들어 오는 마차들이
향하는 곳은 일반적으로는 단 한 곳이어야 했다.

남악은 하나의 관도로 이뤄진 곳이기에 남서에서 북동으로 나가 장사(長沙)로 가는 게 일반적인 상단의 경로지만, 지금은 크게 세 갈래로 나뉘고 있었다.

첫 번째는 앞서 말했던 일반적인 장사로 가기 위한 경로. 두 번째는 저잣거리로 향하는 경로. 마지막 세 번째는 인적이 드문 곳으로 향하는 것이었다.

누가 봐도 가장 의심스러운 건 세 번째였다.

'하필 가는 곳도 빈민촌이냐.'

이전에 지악천이 빈민촌에 머물던 이들을 대거 관졸들로 들인 이후로 비교적 인적이 뜸해졌기에 저들이 자리 잡기에는 안성맞춤이긴 했지만, 너무 안일해 보였다.

'만만하게 보는 건가? 아니면 함정일까?'

사실 뭐가 됐든 지악천에게 큰 영향이 있다고 볼 순 없었지만, 아직도 그의 방향성 자체가 아직도 '무인'이 아닌 '포두'에 머무르고 있기 때문이었다. 화경에 오른 만큼 이전보다 더 넓게 보고 더 간결하게 행동해도 되지만, 그런 인식을 좁히기에는 아직 한참 멀어 보였다. 안 그래도 어지간해선 잡히지 않을 기척을 최대한 죽인 채로 마차들을 따라가기 시작했다.

'흐음… 이상하군. 아주 수상해.'

빈민촌의 상황을 파악하기 위해서 은밀하게 기감을 퍼트렸다. 하지만 이상하리만치 주변이 잠잠했다. 그렇게 기감을 점차 넓혀가자, 사람들이 모여 있는 지점이 느껴졌다. 그 지점에는 지악천의 생각 이상으로 많은 이들이 자리하고 있었다.

'어? 무인?'

은밀하게 접근하기에 기감을 널리 퍼트리지 못한 상태로 가다가 그곳을 홀로 지키고 있는 이를 발견했다. 그리고 일말의 고민 없이 달려들었다.

쐐액!

투두둑!

홀로 지키고 있는 사내를 향해서 날아든 지악천이 단박에 마혈과 아혈을 점혈하면서 그를 잡아챘다. 지악천에게 잡혀가는 사내의 눈은 엄청나게 흔들렸다. 자신이 인지하기도 전에 마혈과 아혈을 점혈 당했고 끌려가는 와중에도 그 어떠한 소리 하나 들을 수 없었으니까.

그렇게 단박에 성벽 인근까지 도달한 지악천은 주변에 인기척이 없는 걸 확인하고 자신이 잡아 온 사내를 바닥에 내려놨다.

쿵.

"내가 누군지 아나? 아, 일단은 눈을 움직이는 것으로 하자고. 한 번 깜빡이면 안다. 또는 맞다. 두 번 깜박이면 모른다. 또는 아니다. 라고 알겠지?"

껌뻑.

"좋아. 말귀를 잘 알아듣는군. 다시 묻지 날 아나?"

껌뻑껌뻑.

"뭐, 좋아. 모를 수 있지. 그렇다면 다른 걸 묻지. 넌 상단 소속인가?"

지악천의 물음에 사내는 답은 고민이 없었는지 바로바로 답이 나왔다.

껌뻑.

"네가 이곳에 온건 대략 반년쯤 됐나?"

껌뻑.

'딱 맞는군.'

"좋아. 너희의 목적은 남악인가? 아니면 사람인가?"

…….

이번에 답은 없었다.

"말하지 않아도 상관없지. 그러면 단도직입적으로 묻지. 넌 암상(暗商)의 소속인가?"

부르르.

지악천의 입에서 암상이라는 말이 나오기 무섭게 짧은 순간이었지만, 눈이 흔들리는 것이 분명하게 보였다.

"속여 봤자 좋을 게 없어. 네 생사여탈권은 내 손에 있으니까."

지악천의 말에 그의 눈의 흔들림은 멈추지 못하고 있었다.

꿈틀꿈틀.

어떻게든 움직이려고 단전의 내공까지 돌리고 있지만, 지악천의 점혈법은 어지간한 이들이 풀 수 있는 점

지악천 46

혈법이 아니었다.

"꼭 하지 말라면 하려고 하는 사람이 있다니까."

투두둑.

사내의 복부에 있는 혈들을 두드려 단전을 잠가 버렸다.

"단전 막았으니까 쓸데없는 반항은 포기해. 그리고 빨리 대답해라."

사내는 지악천의 말대로 단전 닫혀버렸다는 걸 인지하는 순간 상황은 최악이라는 걸 받아들였는지 흔들리던 눈이 점차 진정되어갔다.

"다시 묻는다. 넌 암상 소속인가?"

껌뻑.

지악천의 물음에 결국 사내는 답할 수밖에 없었다. 그는 자신의 삶이 이렇게 끝나는 걸 원하지 않았다.

투둑.

원하는 기본적인 답을 들은 지악천이 점혈했던 아혈을 풀었다.

"아혈을 풀었다. 이제부터 솔직하게 답해라."

"아아."

지악천의 말을 확인이라도 하겠다는 듯이 사내가 입을 벌려 목소리를 냈다.

"목적이 뭐냐?"

"……"

"입을 다물고 싶다면 다시 아혈을 막아주지."

스윽.

진짜 아혈을 다시 점혈하겠다는 듯이 손가락을 유독 천천히 움직이자 결국 반응을 보였다.

"…난 호위부대 소속이라 많은 것을 알지 못하오."

"호위부대? 누굴 호위하지? 암상의 누구를?"

재차 물음에 사내는 다시금 눈을 움직였다. 마혈 때문에 목 아래 사지는 감각이 없는 상태였고 단전까지 막혀서 반항은 무의미했다.

"부총관이오."

"부총관? 어디의 누구지?"

"이 이상을 말하면 살아남을 수 없소."

그 말은 말을 하되 조건을 걸겠다는 뜻이었다. 지악천의 입장에선 받아주지 않아도 말을 끌어낼 자신이 있었다. 굳이 위험을 자초할 필요는 없었다.

"일단 들어보고 판단하지. 그리고 그 정보가 쓸모가 있다는 가정 하에 네 목숨을 보전해주겠지만, 당장은 풀어줄 수 없다는 건 알겠지."

"알고 있소… 모든 일이 끝난 후에 무인으로서 명예를 걸고 약속을 지켜주시오."

그의 말에 지악천은 어이가 없을 뿐이었다. 온갖 더러운 일을 하는 암상의 요인(要人)을 호위하는 주제에 명예를 들먹이고 있으니까.

"들어주지. 앞서 말했듯이 일단 가둬놓고 일이 끝난 후에 풀어주지. 만족스럽나?"

지악천의 말에 사내의 목소리는 살짝 쳐졌다.

　"결국, 당신이 실패하면 난 죽은 목숨이라는 건가……."

　"내 손에 잡혀 온 순간부터 선택지는 한 가지뿐이었어. 죽음. 하지만 네 정보가 얼마나 쓸모가 있냐에 따라서 하나뿐이었던 선택지를 하나 더 늘리는 게 되는 거지."

　확신이 깃든 지악천의 말에 사내는 잠시 침묵했지만, 이내 자신이 알고 있는 것들을 말하기 시작했다.

池樂天

지악천

第 四十一 章 一 동주평

　사내가 풀어놓은 정보는 중요할 수도 중요하지 않을 수도 있는 그런 수준에 불과했다. 물론 조금이라도 아는지, 모르는지에 대한 차이는 명백하긴 하지만, 지금의 지악천에겐 사실 크게 중요하다고 할 수 있는 정보는 아니었다. 그나마 그중에서 비중 있다고 할 만한 건 사내와 호위부대의 수와 나중에 모인 낭인들의 수 그리고 호위부대의 호위를 받는 부총관의 이름 정도가 전부였다.

　애길 다 듣고 난 후에 그를 일전에 흑연의 살수를 유인했던 지하에 가둬두긴 했지만, 묘하게 찝찝한 느낌이 강했다.

'뭐, 어쩔 수 없나.'

결론은 이미 하나뿐이고 가야 할 곳도 한 곳뿐이었다.

다시 빈민촌으로 돌아온 지악천은 반박귀진으로 외부로 표출되지 않던 기운을 조금씩 퍼트리기 시작했다. 지악천의 존재감이 점차 커지기 시작하자 일련의 무리가 있는 곳에서 반응이 나왔다. 누군가가 지악천의 존재감을 느끼고 밖으로 나왔다. 하지만 정작 밖으로 나온 이는 지악천을 보면서 점점 얼굴색이 변하고 있었다. 처음에는 절정 수준이었지만, 어느덧 초절정의 기세와 비슷해졌기 때문이었다. 그리고 점점 모습을 드러내는 숫자들이 늘어나기 시작했다. 처음에 나온 사내를 시작으로 나오는 족족 지악천의 존재감 하나로만 압도되었다.

'쟤들이 낭인이겠네.'

저들의 복장이 대체로 같지 않은 걸 보니 낭인으로 보였다. 실력도 지악천이 대충 가늠해도 높아 봐야 절정 수준으로 보이는 정도에 불과했다.

"너. 이리 와봐."

지악천은 가장 처음 모습을 드러냈던 낭인을 손가락으로 가리킨 후에 오라고 손가락을 까닥거렸다. 지악천에게 지목당한 낭인은 긴장했는지 그의 목울대가 크게 움직였다.

그리고 이내 조금씩 지악천에게 조심스럽게 다가왔다.

 지악천

"이리 오라고. 여기로."

낭인이 다가오는 속도가 워낙 더디기에 지악천이 자리까지 지정해주는 동시에 지속해서 넓게 기감을 점진적으로 퍼트렸다.

혹시 모를 상황을 대비하기 위해서였다. 일전에 지악천이 수련 중에 날아왔던 화살도 그렇고, 조심해서 나쁠 건 없었다.

'뭐, 지금이라면 화살이 날아와도 잡을 수 있겠지만.'

아무리 화살이 빠르다고 해도 무왕보다 빠르겠는가.

그렇게 낭인이 지악천이 가리킨 자리에 닿았다.

"이름."

"예?"

"이름이 뭐냐고. 다른 말로 해줘? 성명(姓名)이 뭐야?"

"뭐, 때문에?"

"내가 누구로 보여?"

"……포두?"

낭인은 그제야 천천히 지악천을 훑어보다가 복장이 눈에 들어왔다.

"맞아. 포두. 그러니까 이름 말하라고."

이름을 말하라고 지악천이 계속해서 채근하는 순간에 낭인의 이성과 본능이 싸우고 있었다. 앞에 있는 지악천이 한낱 포두라는 인식과 본능적인 두려움을 일으키는 모습은 괴리감을 만들어내고 있었다.

"야."

지악천의 눈엔 그저 낭인이 머뭇거리는 거로 보였기에 목소리에 짜증이 묻어났다.

"예? 예……."

"이름. 너 이름이 뭐냐고. 짜증나게 하지 말고 내 이름이나 말해."

"추, 추공평입니다."

그제야 자신의 이름을 말하는 추공평의 모습에 지악천이 가볍게 고갤 끄덕였다.

"그래. 그렇게 바로바로 말하면 서로 불편하지 않고 얼마나 좋아. 안 그래?"

"예……."

딱 봐도 꺼림칙해 보이는 추공평의 모습에 지악천이 말을 이어갔다.

"아무튼, 넘어가고 추공평. 낭인 같은데 맞지?"

"예. 맞습니다."

"저 뒤에 있는 이들도 다 낭인이고?"

"맞습니다."

"그런데 남악에 왜 낭인들이 떼로 모여 있지? 이곳은 빈민촌인데?"

지악천의 물음에 추공평은 입을 다물었다. 의뢰 내용은 자신이 언급할 사항이 아니었기 때문이다. 특히나 자신의 뒤에 낭인들이 있는 상황에 의뢰 내용을 말하다가 나중에 찍히면 일하기 힘들게 될 것이 분명했다.

"……."

"좋아. 대답하기 힘들면 굳이 네가 아니어도 상관없다."

"그게 무슨… 끄아아아악!"

지악천의 말에 의문을 표하던 추공평의 정강이뼈가 박살나는 소리와 함께 그의 비명이 소름 끼치게 울려 퍼졌다. 추공평이 쓰러져 비명을 지르자 뒤에 있던 낭인들의 얼굴색이 사색으로 변했다. 추공평의 비명이 너무나 처절했지만, 그들이 그에게 해줄 수 있는 일이 없었다.

"자, 내 물음에 대답해줄 사람?"

그들이 보기엔 지악천의 모습은 그저 자신들을 괴롭히려고 하는 것처럼 보이기 딱 좋았다. 특히 저렇게 죽이지 않고 박살내는 것이 더 치욕을 주는 거라는 것을 지악천은 알지 못했다. 그들과 지악천이 사는 공간은 같으면서도 달랐으니까. 몸으로 먹고사는 이들에게 몸을 상하게 하는 것만큼 치욕적인 것이 따로 없다고 할 수 있었다. 하지만 그런 부분까지 신경 쓸 만큼 지악천이 세심하게 움직일 이유가 없었다. 쓰러져서 울부짖듯이 고통스러운 비명을 내뱉은 추공평을 지나쳐 뒤에 모여 있는 이들에게 다가갔다.

"말할 사람 없나?"

"……."

지악천의 말에도 그들은 일단 침묵으로 일관했다. 그

들 역시 머릿속에서 빠르게 상황을 파악하고자 노력하고 있었다. 포두복을 입고 있기에 포두로 보이는 지악천. 당혹스러운 추공평의 부상. 지악천이 풍기는 막대한 기세.

3가지가 그들의 머릿속을 복잡하게 만들기에는 충분했다. 그런 사실을 모르는 지악천으로선 짜증이 날 만한 상황이었다. 낭인이라는 사실을 알았기에 좋게좋게 넘어가려고 했지만, 자꾸 시간을 질질 끄는 듯한 인상으로 보였기 때문이었다.

"후……."

우우웅!

콰아앙!

한숨을 내쉰 지악천이 아무것도 없는 공터를 향해서 손을 들어서 단숨에 끌어올린 장력을 방출하자, 폭발음이 크게 울렸다.

"3번째 물어본다. 내 물음에 답해줄 사람?"

가장 손쉬운 무력시위 한방에 낭인들의 머릿속은 지금 이상으로 복잡해지지 않았다. 오히려 명쾌하다 싶을 정도로 정리됐다. 그들은 지악천이 뭔들 상관없었다. 그들의 앞에 있는 지악천은 그저 '강자'였다. 그들이 무슨 수를 써도 이길 수 없을 정도로 아득하게 멀고도 먼 강자. 그것이 그들이 바라보는 지악천의 모습이었다.

"저, 저희는… 사해전장에서 고용한 낭인들입니다."

그들 중 그나마 정신을 빨리 차린 낭인의 말에 지악천은 고갤 끄덕였다. 이미 이들이 사해전장에서 고용한 것이라는 것은 앞서 가둬놓은 사내에게 들어서 알고 있는 내용이었다.

　"좋아. 딱 한 번만 경고한다. 살고 싶으면 지금 당장 남악에서 떠나라. 떠나지 않고 남는다면 그 어떠한 일도 책임지지 않는다."

　그들에게는 강자의 경고로 들렸겠지만, 지악천의 경고는 포두로서가 아닌 사람으로서 하는 경고였다. 지악천의 말이 통했는지 하나둘씩 움직이기 시작했고, 그 와중에 아직도 고통에 신음하고 있는 추공평을 지인들이 있었는지 옮기기도 했다. 그렇게 낭인들이 전부 사라지자 다른 이들이 모습을 드러내기 시작했다. 눈에 보이는 이들은 10명이었고 지악천의 뒤쪽으로 몰래 숨어든 이들 역시 10명이었다. 모습을 드러낸 이들의 복장이 앞서 지악천이 가둬놓은 사내와 같은 복장인 것을 보니, 숨어 있는 이들까지는 몰라도 앞에 있는 이들은 부총관이라는 이의 호위부대로 보였다.

　"……."

　그들은 지악천이 포두복을 입고 있는 걸 봤기에 누구인지 묻지 않았다. 그들은 이미 지악천이 누구이며 왜 찾아왔는지 알고 있는 듯 보였다.

　"내가 누구인지 아는 모양이네. 다행이야. 말을 길게 할 필요가 없어 보이니."

그들의 태도에 지악천은 그들이 자신이 누구인지 알고 있다고 생각했고 그들도 그것을 부정하지 않는지 침묵을 유지했다.

"그래. 말이 필요 없지. 어차피 둘 중 하나는 죽어야 끝날 테니까."

"⋯⋯."

그렇게 계속해서 침묵을 유지하는 동안에 뒤쪽에서 먼저 움직이기 시작했다. 나름대로 은밀하게 움직이고 있다고 생각했는지 지악천과의 거리를 2장까지 좁히기 무섭게 미리 꺼내 들고 있던 검으로 날아들면서 찔러왔다.

슈우욱!

빙그르르. 콰지직! 콰앙!

뒤에서 찔러 들어오는 살기와 움직임을 동시에 인지하곤 지악천이 그대로 좌측으로 반 바퀴 돌았다. 주먹에 내기를 밀어 넣으며 뒤에서 검으로 찔러 들어오는 이의 갈비뼈를 살벌한 소리와 함께 박살 내버리면서 그를 멀찍하게 날려버렸다.

"⋯⋯."

짧은 동작이었지만, 그 순간을 포착한 이들은 극히 소수에 불과했다. 대부분 뼈가 부러지는 소리와 기습했던 이가 피거품을 물며 바닥을 뒹구는 모습을 인지한 후에 당했다는 걸 인지했을 정도였다. 그런 지악천의 동작 하나만으로 이 자리에 있는 모두를 압도했다고 해도 과언이 아닐 정도로 엄청난 위압감을 선사했다.

꿀꺽.

누구도 숨소리조차 내지 않던 상황에서 누군가의 침 삼키는 소리가 이 자리에 있는 모두의 귀에 울렸지만, 누구도 그것을 질책하거나 지적하지 않았다. 그만큼 그들은 지악천의 행동에 온 신경을 쏟고 있다는 방증이 었다.

안쪽에서는 사해전장의 부총관이며 암상의 셋째인 동주평의 얼굴은 거무죽죽하게 변해 있었다. 남악에 막 복귀한 지악천이 어떻게 알았는지 자신이 있는 곳까지 찾아왔다는 보고를 받았기 때문이었다. 거기다 앞서 낭인들에게 보여준 무위가 이전에 암상에서 조사했던 무위보다 더 상승했다는 것까지 알게 됐다.

까득, 까득.

불안한 감정과 생각이 그의 머릿속을 뒤죽박죽 하니 계속해서 물어뜯는 손톱이 멀쩡할 수가 없었다.

"진정하시지요. 어차피 저희의 패가 단순히 낭인들과 호위대로만 이뤄진 것은 아니지 않습니까."

동주평의 부관 격인 사내의 말에 그는 조금씩이나마 진정되는 듯했다.

"그, 그래. 어차피 그들 말고 진짜는 따, 따로 있으니까 되겠지? 그깟 하찮은 포두 놈의 모가지 따위는 쉽게 가져갈 수 있겠지?"

"그렇게 될 겁니다. 부총관님. 그러니 의연한 모습을 보여주셔야 합니다."

그냥 곁에서 봐도 미지의 불안감이 전혀 해소되지 않았기에 사내는 아직 확정되지 않은 사실을 왜곡해서 말할 수밖에 없었다. 사내도 아직 밖의 상황을 제대로 전달받은 것이 아니었지만, 내심 그렇게 되리라 생각했다.

지악천은 자신을 향해서 거침없이 달려드는 이들에게 거침없이 대해주고 있었다.

콰지직!

쿠당탕탕!

달려드는 족족 뼈가 부러지거나 나뒹굴면서 기절하고 있었지만, 그들은 그러한 상황에도 주저함을 보이지 않았다. 그들이 달려들기에 지악천은 그저 처음 뒤에서 기습했던 이를 상대했을 때 서 있는 자리를 기준으로 한 걸음 이상의 반경을 벗어나지 않고 그들을 상대하고 있었다. 그런 활동반경으로 그들을 상대할 수 있는 것은 무형류(無形流)와 환영신보(幻影神步) 덕분이었다. 유연한 움직임을 펼칠 수 있게 해주는 환영신보를 기반으로 펼쳐지는 무형류는 현묘함이 극대화되면서 그들을 상대함에 편안함까지 느끼고 있을 정도였다.

'와… 이렇게 쉽나?'

무공의 수준이 달라진 것도 있지만, 가장 중요한 것은 결국 경험이었다. 그 경험 중에 가장 큰 것은 역시 무왕과의 대련이 차지하는 비중이었다. 전력을 다해도 무왕을 상대로 우위를 점할 수는 없었지만, 이들은 무왕이 아니었기에 다를 수밖에 없었다. 손등을 아래를 보게 한 후에 손목을 꺾는 동시에 앞으로 뻗으면서 팔과 손에 회전력을 담아 달려드는 이의 복부를 후려쳤다.

　퍼엉!

　콰지직!

　뒤이어 지악천의 뒤를 노리고 검을 뻗는 이의 검면을 손등으로 쳐내며 상대의 얼굴을 향해서 주먹을 꽂아버렸다.

　쾅!

　그렇게 주먹에 얼굴을 맞고 쓰러진 사내를 끝으로 지금 이 자리에서 서 있는 사람은 지악천 말고는 없었다.

　'일단은 주변에는 더 없는 거 같고… 가볼까?'

　앞으로 나가는 지악천의 뒤로는 아직 죽지 않은 이들의 신음이 그 빈자리를 메웠다.

　'도대체 내가 자릴 비운 사이에 여기에 무슨 일이 있었던 거지?'

　지악천이 빈민촌을 천천히 가로지르며 거의 텅 빈 빈민촌을 보고 느낀 것이었다. 본래 이 시간대에 빈민촌은 일거리가 없는 이들이 항상 길바닥에 멍하니 앉아 있는 편이었다. 그런데 이렇게 사람이 없는 걸 보니 제대로 뭔가 꾸미고 있는 모양이다 싶었다.

'뭔가 큰일을 꾸미지 않는 이상 이렇게까지 할 이유가 없겠지.'

호위부대가 전부 당하고 지악천이 이곳으로 오고 있다는 말을 전해들은 사내는 굳은 표정을 한 채로 동주평에게 다가가 이 사실을 전했다.

"죄송합니다. 호위대가 전부 당했다고 합니다."

"뭐… 뭐? 아, 아니지? 장난이지? 응?"

동주평의 불안증세가 점점 심해지기 시작했다. 바들바들 떨기도 하고 이미 거의 깨물 수 없을 정도로 닳은 손톱을 깨물려고 애쓰지만, 그의 이는 그저 허공을 맴돌 뿐이었다.

"진정하시지요. 어차피 호위대는 중요한 것이 아니지 않습니까."

사내의 말에 극심한 불안증세에 거무죽죽한 얼굴에 살짝 화색이 돌았다.

"그, 그래. 네, 네 말이 맞아. 그런 놈들은 어차피 허, 허울이지."

"호위대가 나갔을 때부터 사람을 보내놨으니 금방 도착할 겁니다. 부총관님."

사내의 말에 동주평의 고개가 천천히 돌아가면서 사내를 바라봤다.

"으응? 그, 그러면 아직 오지 않았다는 말이야?"

동주평의 물음에 사내는 아차 싶었다. 겨우 불안감을 떨쳐냈는데 자신의 말 때문에 상태가 심해지기 시작했다.

 "……아닙니다. 조금만 기다리시면 됩니다."

 '도대체 머리가 잘 돌아가던 부총관이 이렇게까지 망가질 수가 있지?'

 그는 동주평이 어떤 마음가짐으로 왔는지 알고 있긴 했지만, 이건 머리로 이해할 수 없는 부분이었다. 어릴 적 동주평이 경험한 일에 대한 문제이기 때문이었다.

 "설사 그들이 조금 늦는다고 해도 제가 막아낼 것이니 걱정하지 않으셔도 됩니다."

 "그, 그래. 너는… 큰형님 밑에 있었으니까 강하겠지?"

 "어지간해서 밀리지 않을 자신 있습니다."

 말은 자신만만하게 했지만, 그조차도 동주평이랑 함께 왔던 호위대 전원과 싸워서 이길 자신은 없었다. 단지 동주평을 안정시키려고 한 말에 불과했다. 하지만 그의 생각보다 진짜 암상의 전력들이 빠르게 이곳으로 오고 있었다. 그것이 지악천이 걸어오는 것보다 빠를지는 두고 봐야 할 일이었다.

 동주평과 사내의 생각을 잘 읽기라도 한 것처럼 천천히 걸음을 옮기는 지악천의 기감에 빠르게 접근하고 있는 이들이 있었다. 그들이 바로 동주평과 사내가 기다리고 있는 이들이었다. 그들은 동주평의 호위대가 밀리고 있다는 소식을 듣고 사전에 남악 밖에서 대기하다가 급급하게 달려오는 중이었다.

'다른 놈들이랑은 다르네?'

낭인들이 일류에서 절정까지라면 호위대는 절정에서 초절정 사이에 위치한 이들이었다. 그리고 지금 오고 있는 이들은 대체로 초절정의 무인들이었다. 지악천이 일반적인 '무림인'이었다면 지금 이 상황을 아주 심각하게 인식했겠지만, 그는 '포두'이기에 크게 와닿는 게 없었다. 그렇게 지악천이 의연하게 멈추지 않고 계속해서 동주평이 있는 방향으로 10걸음쯤 걸었을 때 그들이 나타났다.

"멈춰라."

모습을 드러낸 이들 중 하나의 말에도 지악천은 가볍게 미소를 지으며 무시했다.

"멈추라 했다!!!"

묵직한 내기가 담긴 노도와 같은 고함에도 지악천의 얼굴색 하나 변하지 않았다. 당연하지 않은가. 그깟 해야 초절정 무인의 사자후(獅子吼)였기에 통할 리가 없었다. 오히려 그런 지악천의 모습에 앞에 선 이들의 표정이 굳었다. 방금 사자후를 내뱉은 이의 무위는 이 자리에 있는 이들 사이에서 나름대로 수위에 뽑힐 만한 수준이기 때문이었다.

우둑.

그렇게 사자후를 무시하고 앞으로 걷던 지악천이 멈춰 섰다. 그리고 오른손 검지를 입에 갖다 대며 말했다.

"시끄럽다. 암상의 개새끼들아."

지악천의 목소리는 분명 그리 크지도 작지도 않은데도 지악천의 앞에 부채꼴로 퍼져 있는 그들의 귓가를 후려갈기듯이 울렸다. 목소리 자체에 담긴 기운은 분명 사자후보다 보잘것없었지만. 지악천의 말에 다들 좀처럼 초점을 찾질 못했다. 짧은 순간이지만, 지악천의 목소리에 위압감이 담긴 모양이었다.

슈육!

그때 어둠 속에서 지악천을 향해 한 발의 화살이 지악천의 관자놀이를 향해서 대기를 가르는 날카로운 소리를 내며 날아들었다.

텁.

슉!

지악천은 자신을 향해서 날아드는 화살을 쳐다보지도 않고 정말 부드럽게 잡았다. 그렇게 잡은 화살은 화살촉, 화살대, 화살깃이 멀쩡한 상태였다. 그리고 그것을 도로 화살이 날아온 방향으로 던졌다. 날아오던 속도보다 훨씬 빠르게. 이미 활시위를 당기는 순간에 일어난 살기에 먼 곳에 있는 활잡이가 있는 곳을 알아냈기에 거리는 문제 되지 않았다. 죽지 않거나 피해낸다면 후에 손이 더 갈 뿐이었다. 그런 지악천의 모습을 보던 이들의 눈이 크게 흔들렸다. 그들조차도 화살이 날아오는 것을 지악천의 손에 화살이 잡혔을 때 인지했을 정도였다.

'젠장! 잘못 걸린 건가?'

이게 그들의 머릿속에 떠오른 생각이었다. 지악천을 봤을 때는 엄청 쉽게 봤는데 막상 보이는 모습의 차이가 너무 컸다. 그렇게 차마 움직이지 못하는 이들을 보고 있던 지악천이 먼저 움직였다. 앞서 화살을 날린 이가 지악천이 날린 화살에 맞은 것을 확인한 후였다.

퉁.

가볍게 발목과 발끝에 힘을 주며 그들을 향해서 달려나갔다. 환영신보를 펼치기 무섭게 그들의 눈에 지악천의 잔상이 새겨지기 시작했다.

"이, 이형환위(移形換位)!?"

잔상의 수가 늘어날수록 그들의 혼란은 더욱더 가중됐고 지악천의 움직임을 막을 수 있는 이가 없었다.

쾅! 콰직! 빠각! 펑!

그렇게 그들의 눈에 잔상을 남기며 중심에 들어선 지악천이 곧장 손발을 움직이자, 가장 가까이 있던 이들의 신형이 단박에 공중에 떠올랐다. 반항이고 뭐고 아무것도 없었다. 그저 지악천이 때리면 맞고 공중에 떴다가 바닥에 무기력하게 떨어질 뿐이었다.

쿵! 쿵! 쿵! 쿵!

공중에 떠올랐던 이들이 바닥에 떨어지기 무섭게 다른 이들의 신형이 공중에 솟아올랐다가 떨어졌다.

퍽! 쾅! 퍽! 펑!

쿵! 쿵! 쿵! 쿵!

지악천의 양팔 양다리가 움직일 때마다 마치 강가에서 낚시하면서 물고기를 낚아 올리듯이 하나하나 솟구치는 모습은 가히 대단했다. 순식간에 8명을 바닥에 눕혀버린 지악천은 자신을 상대로 슬금슬금 물러나는 이들을 보며 비릿한 미소를 지었다.

"도망이라도 가려고? 뭐, 가도 크게 상관없겠지. 어차피 내 목표는 저기에 있으니까."

그들에게 말하면서 가리킨 방향은 동주평이 있는 곳이었다.

"가. 열심히 도망치라고. 어차피 내 손에 죽지 않아도 어차피 평생을 도망치거나 죽을 테니까."

"……."

지악천의 말에 그들은 그가 자신들이 어디에 누군지 대충 알고 있는 것으로 알아들 수밖에 없었다. 실제로 지악천의 말대로 될 가능성이 높다고도 생각하지만, 왠지 모르게 도망치는 게 나쁜 선택이 아니라는 생각이 계속해서 머릿속에 맴돌았다. 그런 생각들이 맴돌기에 그들의 움직임은 극히 소극적으로 바뀌었다. 쓰러져 있는 호위대랑 다르게 말이다.

그들은 애초에 부총관인 동주평을 모시는 이들이 아니기에 더욱 그런 감정이 생기는 걸지도 모를 일이었다.

"가. 어차피 내 손까지 더럽힐 필요는 없지만, 마음 바뀌기 전에."

마치 가게에 개나 고양이가 들어왔을 때 내쫓듯 한 손짓에 기분이 상했지만, 누구 하나 나설 수가 없었다.

그들의 무위는 거의 비슷하고 그들 중 자신이 대장이다. 라고 할 정도로 인망을 가지고 있는 이가 없었다. 그렇기에 다들 눈치만 보고 있었다. 하지만 뒤이어 들려오는 지악천의 말과 동시에 폭발적으로 퍼지는 기세에 그 눈치는 달라졌다.

"대단하네. 아주 대단해. 충성심이 말이야. 아주 대단해. 그러면 나도 그런 대단한 충성심에 어울리는 대우를 해줘야지."

그 말을 하면서 마치 주방의 닫혔던 빗장이 열리면서 퍼지는 요리의 향기처럼 그들이 처음 봤을 때 절정과 초절정을 왔다 갔다 하던 기세가 폭발적으로 커지기 시작했다. 순식간에 초절정이라고 판단을 내리는 수준을 아득히 넘어가는 순간 그들의 눈엔 절망이 깃들었다. 그리고 그 순간에 누군가의 입에서 모두의 생각을 대변해주는 소리가 흘러나왔다.

"씨발."

흠칫!

동주평과 같이 있던 사내는 주변을 폭사하듯이 밀려오는 기세에 소름이 돋았다.

'뭐야? 도대체?'

밀려오는 기세를 느낀 사내의 표정이 좋지 않았다. 그는 이제까지 이런 기세를 어디서도 느껴본 적이 없었다. 그리고 얼마 지나지 않아 부총관인 동주평 역시 파도처럼 밀려오는 기세에 얼어붙었다.

"뭐, 뭐, 뭐야, 이거?! 어?"

동주평은 말을 하면서 동시에 사내를 바라봤지만, 하필 숨기지 못한 사내의 표정을 그대로 보고 말았다.

"크흠. 제가 나가서 확인하고 돌아오겠습니다."

자신의 실책을 인지한 사내가 자리를 비우려고 했지만, 동주평이 그를 붙잡았다.

"자, 잠깐! 나, 나도 가, 같이 가자."

동주평은 호흡도 살짝 흐트러졌고 눈도 불안함이 깃든 상태였다. 동주평의 말에 사내의 눈이 흔들렸다. 만약 밖의 상황이 자신이 생각한 것과 다르게 흐른다면 도망치려고 했는데 옆에 동주평이 붙어 있으면 차질이 생기기 때문이었다.

"그냥 계시는 것이 좋지 않겠습니까."

동주평은 사내를 물끄러미 바라보다가 말했다.

"…너, 너 혼자 도, 도망가려고 하, 하는 거 같아서."

의표를 정확하게 찌르는 동주평의 말에 사내는 일순간 할 말을 잃었지만, 빠르게 정신을 붙잡았다.

"제가 그럴 리가 있겠습니까. 명령을 받고 온 이상 저는 부총관님의 보좌에 집중할 겁니다."

최대한 동주평을 여기에 두고 나가겠다는 말을 최대한 돌려 말했지만, 자신도 모르게 목소리에 짜증이 담겨 있다는 걸 인지하지 못하고 있었다. 불행 중 다행이라고 할 수 있었는지 동주평의 불안감이 커지면서 판단력이 흐려지고 있었다.

"그, 그래?"

"예. 제가 최대한 빨리 다녀올 테니 가만히 계셔주는 게 큰 도움이 됩니다."

사내는 동주평을 보면서 평소라면 그에게 절대 이런 말이나 행동이 통하지 않으리라 생각했다.

'정말 이렇게 사람이 미련하고 부질없이 보이는 건 참 오랜만이네.'

가볍게 고갤 흔든 사내가 동주평을 뒤로 한 채로 지악천이 있는 곳으로 향했다.

쿵!

밖으로 나온 사내의 앞에 피투성이가 된 이가 떨어져 내렸다.

"헙!"

피투성이가 된 사람이 앞에 떨어지는데 놀라지 않을 사람이 없을 것이다. 정말 갑작스러운 상황에 놀라움을 감추지도 못하고 있을 때 그의 앞에 지악천이 모습을 드러냈다.

"오."

지악천은 사내를 확인하자마자, 그가 지금까지 적대

적인 상황에서 만났던 이들 중 가장 강한 이라고 판단했다.

"꼴을 보아하니 네놈도 암상과 관련이 있나?"

"그렇다면 당신이 이곳의 포두?"

"말이 짧네. 여기서 멱을 따줄까? 어차피 옥으로 끌고 갈 필요도 없게."

지악천은 사내의 태도가 아주 마음에 안 들었다. 언제든지 도망갈 수 있게 체중을 뒤로 빼고 있었기 때문이었다.

"혹시 거래는 가능하오?"

"거래?"

끄덕.

지악천의 되물음에 사내는 고개를 끄덕이는 것으로 대신했다.

"들어보고 합당하다면 목숨 하나쯤 살려둘 수 있지. 정말 쓸 만한 거래라면 말이야."

"그렇다면 바로… 커헉!"

지악천의 말에 뭔가 희망을 얻었다는 표정으로 바로 입을 열던 사내의 목울대를 어느새 다가온 지악천의 손날이 후려쳤다.

"지랄하네. 살고 싶으면 개처럼 바닥에 납작 엎드려도 부족한데 어디서 개수작이야?"

"커헉! 컥! 켁!"

목울대에 충격이 심한지 말도 하지 못하고 연신 피를

내뱉을 뿐이었다. 그런 그에게 다가간 지악천이 바로 그의 발뒤꿈치를 걷어차며 쓰러뜨렸다.

쿵!

툭, 푹, 푹!

사내를 쓰러뜨리기 무섭게 바로 마혈과 아혈을 짚어버린 지악천이 그를 가볍게 지나쳤다.

"기다리고 있어라. 안에 있는 동주평이란 암상의 멍청이를 처리하고 물어볼 것이 많으니까."

지악천은 자신의 말을 한 뒤에 바닥에 쓰러진 그를 그대로 방치하고 그가 나온 곳으로 들어갔다.

콰지지직!

동주평이 있는 곳으로 보이는 전각의 문을 부숴버리며 안으로 들어섰다.

"뭐, 뭐야!"

갑자기 문을 부수며 등장한 지악천의 행동에 깜짝 놀란 동주평이 놀라 소리쳤다.

"뭐긴 뭐야 이 개 잡종만도 못한 새끼야. 네가 그렇게 죽이려고 했던 포두다."

"뭐, 뭐?!"

오들오들 떨면서 자신을 바라보는 동주평을 보며 지악천은 고갤 흔들었다.

"하… 뭐 이런 병신같은 놈이……."

한숨을 내쉬면서 말을 하면서도 온갖 생각이 다 들었다. 물론 이런 놈 때문에 제갈세가와도 좋은 관계를 유

지악천 74

지할 수 있었지만, 결과적으로 지악천을 귀찮게 만들어버린 1등 공신이라고 할 수 있는 놈이었다.

'근데 이놈 상태가 왜 이래?'

가둬놓은 사내에게 들었던 말과는 상태가 너무 대조적이었다. 오죽하면 한순간에 가짜랑 바뀐 건가 싶기도 했지만, 거의 초절정에 준하는 무위를 가지고 있었기에 일단 마혈과 아혈을 향해서 지풍을 날렸다.

푸푸푹!

한 치의 오차도 없이 마혈과 아혈을 단박에 찍어내자, 동주평은 갑자기 굳은 몸으로 인해 영문을 모르겠다는 듯이 눈이 마구마구 흔들렸다.

"일단 이놈이랑 바깥에 있는 놈까지 같이 옮겨놓으면 되겠지."

그렇게 동주평을 왼쪽 어깨에 짊어지고 밖으로 나와 쓰러져 있는 사내를 오른쪽 어깨에 짊어진 상태로 앞서 먼저 가둬놓은 곳으로 향했다. 장정 둘을 짊어진 상태로 움직이는 것치고는 지악천의 움직임에 그다지 지장은 없는지 은밀하고 빠르게 움직이고 있었다. 그렇게 도착한 지악천은 그대로 지하로 내려가려다가 멈춰섰다. 지하에는 한 명만 있어야 했는데 다른 한 명이 더 있는 기척이 들려왔기 때문이다. 그랬기에 조용히 양 어깨에 짊어진 둘을 바닥에 내려놓고 조심스럽게 지하로 내려갔다.

"어? 강 형?"

지악천은 아주 낯익은 뒷모습이 누군지 바로 알아봤다.

"그래. 오랜만이다. 음? 너……?"

뒤에서 들려오는 지악천의 목소리에 돌아선 강성중이 반가운 감정이 짙게 묻어나는 목소리로 맞이하다가 지악천을 보고 살짝 놀란 표정을 했다.

'항상 발산하던 기운이 전부 갈무리됐어. 벌써 닿았다는 건가?'

강성중은 지악천을 딱 마주했을 뿐인데도 그가 화경에 올라섰다는 걸 단박에 알아봤다. 물론 지악천을 알기에 알아본 것이지 그를 모르는 사람들이라면 그냥 평범한 포두로 봤을 확률이 더 높았다.

"음? 왜?"

"아니, 벌써 화경이라니. 대단해서."

"오. 역시 강 형이네. 벌써 알아보네. 그 녀석은 눈치도 더럽게 없던데."

지악천의 확인에 강성중은 고개를 끄덕였다.

그리고 강성중의 뒤에 있는 지악천이 데려온 이의 표정엔 놀라움이 담겨 있었다. 지악천의 나이가 아직 마흔도 안 될 텐데 벌써 화경이라니 놀라지 않을 수가 없었다.

"근데 네가 여기로 왔다는 건 암상에서 보낸 이들을 정리했다는 거겠지?"

"어? 쟤한테 들은 거야?"

"아니. 후포성한테."

지악천은 강성중이 후포성에게 들었다는 말에 질린다는 표정으로 고갤 흔들었다.

"하여튼 입 싼 놈. 잠깐 기다려."

고개를 흔들며 다시 올라간 지악천이 위에 뒀던 둘을 데리고 다시 내려왔다.

쿵, 쿵.

동주평과 사내를 내려놓자 강성중이 물었다.

"누구야?"

"이쪽은 암상이 있는 상단의 부총관이라던데? 그리고 얘는 모르겠네. 맨 마지막에 슬금슬금 나오길래 잡아뒀지. 아. 나 잠깐 나갔다 올게."

"어디?"

"일 벌였으니까 뒤처리시켜야지. 압수할 것도 많아."

"가봐."

강성중이 알겠다는 듯이 고개를 끄덕이자, 지악천은 가볍게 고개를 끄덕이며 빠져나갔다.

"이제 너희를 어떻게 할까? 야."

바닥에 떨어뜨린 상태로 있는 그들 보며 가볍게 읊조린 강성중이 뒤돌아서 사내를 바라봤다.

"예? 예."

그가 대답했지만, 강성중은 한 가지 잊었던 걸 깨달았는지 이마를 짚었다.

"이런, 점혈을 풀어달라고 해야 했는데. 아무래도 일

단은 너랑만 대화해야겠네. 물론 그전에 이놈들 귀를 막아야겠지. 딴소리 못 하게."

현청으로 돌아온 지악천은 곧장 후포성에게로 향했다.

"어? 오셨습니까?"

"그럼, 왔지. 갔냐? 시간 없으니까 애들 데리고 빈민촌으로 가서 정리해. 네가 가서 직접 살아 있는 놈들은 점혈하고 점혈하기 귀찮으면 팔다리 다 부숴놓든가. 다 해봤자 100명 안 되니까 금방 할 거다."

"아, 예."

"야. 그리고 혹시 모르니까 일 벌어지면 버텨. 금방 갈 거니까."

"예. 근데… 어이구 핏방울 하나 안 튄 걸 보니 아주 양 떼 사이에서 뛰어노셨네. 아이쿠! 갑니다. 예예. 갑니다."

제 말만 하다가 지악천이 손을 들어 때리려고 하는 걸 보고 뒤로 물러선 후포성이 사전에 대기 시켜놓은 이들을 데리고 빠져나갔다.

"뺀질이. 쯧."

어제도 그렇고 계속 뺀질거리는 후포성을 이번 일이 정리되는 대로 다시 서열정리를 해야겠다고 생각했다. 그렇게 다시 강성중이 기다리고 있을 지하로 돌아온 지악천은 심문하고 있는 그를 보며 말했다.

지악천

"무섭다. 무서워. 이게 은영단원의 본모습인가!"

가식적인 목소리에 탄식이 섞이니 참으로 묘한 말투의 지악천을 돌아본 강성중이 고갤 흔들었다.

"얘들 점혈을 풀어주고 갔어야지. 네 점혈법은 너무 독특하다고."

"아. 미안."

퓨슈슉!

지악천이 가볍게 지풍을 날려 그들의 아혈을 풀어냈다.

그 모습을 물끄러미 보고 있던 강성중은 기분이 살짝 가라앉았다. 물론 지악천이 화경에 닿았다는 건 이미 알고 있는 사실이지만, 강성중이 멀리서나마 접했던 화경의 고수들과는 명백하게 다른 느낌이었다.

'별다른 이상함을 느끼지 못할 정도로 자연스럽네. 모든 동작 하나하나가 마치 강물이 흐르듯이 자연스러워. 도대체 근 1년 동안 뭘 하며 지냈던 거지?'

지악천이 뭘 했는지 궁금하긴 했지만 참아내며 아혈을 풀어진 그들에게 다가가 듣지 못하게 청각을 막아놨던 것을 풀었다.

"넌 누구 먼저 할래?"

"이왕이면 이놈."

강성중의 물음에 지악천은 동주평을 먼저 선택했다.

"그러면 내가 먼저 할까?"

"아니, 동시에 하자고. 난 기막으로 막으면 충분하니까."

기막이라면 소리를 완벽하게 막아낼 테니까. 그 말에 가볍게 고갤 끄덕인 강성중이 사내의 목덜미를 끌고 다른 방향으로 움직였고 지악천은 그 자리에서 기막을 펼쳤다.

"자, 우리 재미있는 놀이를 해볼까?"

가볍게 미소를 지으며 말하는 지악천의 모습은 동주평에게 마치 괴물처럼 보였다. 그렇게 미소를 짓던 표정이 한순간에 무미건조하게 변하면서 물었다.

"가볍게 시작해보자고. 이름."

"알고 있잖아."

동주평의 말투에도 지악천은 억압하지 않았다. 오히려 그에게 맞춰줬다.

"알지. 아는데 네 입으로 들어야지."

"……."

"다시 묻지. 이름."

"……."

"이름."

동주평이 계속해서 입을 다물고 있지만, 지악천은 그저 계속해서 이름을 말하라고 반복할 뿐이었다.

"이름."

단어는 같았지만, 조금씩 목소리가 달라지고 있었다. 물론 말하는 순간에 담기는 기운도 달랐다. 특히나 기막 내부라서 그런지 그 효과가 더 극대화됐다.

"으으으."

"이름."

안 그래도 심했던 불안감이 극도로 높아지고 있었다. 지악천은 처음에는 동주평이 상태가 극도로 불안정하다는 걸 알지 못했다. 지금 상태만 본다면 충분히 유추할 수 있었지만, 크게 신경 쓰지 않았다.

물론 신경 써줄 이유도 없었고.

"으으으."

"동주평. 네가 네 입으로 이름을 딱 한 번 말하면 쉽다니까."

지악천은 그런 동주평을 계속해서 자극할 심산이었다. 이미 심신이 거의 무너진 상태인 만큼 심문하기 좋은 상대가 없었다. 지악천의 입에서 나온 자신의 이름이 나오자, 눈을 핑핑 돌고 있던 눈이 멈췄다.

"도, 동주평⋯⋯."

"거봐 쉽잖아. 소속은?"

"사, 사해전장."

"사해전장. 좋아. 계속 그렇게 하자고. 암상과의 관계는?"

"세, 셋째⋯ 아들."

"셋째 아들? 뭐였더라? 음⋯ 그렇지. 청(靑)이라고 했던가? 아니, 청(淸)이라고 했던가? 너랑 형제인가? 그 도지휘사사에서 죽은 그놈과?"

"마, 맞다. 막내였지. 네놈 때문에 내가⋯ 내가⋯⋯."

동주평이 갑자기 울컥했지만, 지악천은 아무런 관심도 없었다.

"그렇군. 그래. 놈이 오 공자라고 불렀던 거 같았는데 재미있네. 내 손에 둘이 같은 운명이 달렸다니."

지악천의 말대로 이전에는 그가 청이라 불렀던 그를 도지휘사사에 넘기면서 유명을 달리했으니까. 물론 동주평의 운명도 그와 비슷하겠지만, 내용은 다르다고 할 수 있었다. 도지휘사사에서 죽은 청과는 달리 동주평이 살아서 지하를 절대로 벗어날 수 없을 테니까.

"이제 암상에 대해서 네가 알고 있는 모든 것을 다 말해봐. 너 혼자 억울하게 죽을 순 없잖아? 내가 네 저승길 동료들을 싹 다 보내줄 테니까. 편하게 말만 해."

애초에 여기까지 끌려왔을 때 동주평은 이곳에서 자신이 살아나갈 수 없다는 것쯤은 알고 있었다. 다만, 믿고 싶지 않을 뿐이었다. 결국 체념하자 그를 옭아매고 있던 불안감이 사라졌다. 죽음을 받아들이니 두려움이 크게 와닿을 리가 없었다. 대신 그 불안감이 있던 자리에 복수심만이 불타오르고 있었다.

자신에게 질문을 던지는 지악천이 아닌, 자신을 이 자리까지 오게 만든 자신의 아버지와 원수와 다름없는 일 공자를 향해서.

第 四 十 二 章 ― 사해전장

 지악천은 동주평을 심문하는 과정에서 많은 정보를
얻을 수 있었고, 그중 가장 큰 정보에 주목했다.
 "아. 골치 아프네. 사해전장만 해도 머리 아픈데 대
룡상단이라니. 그리고 하필 본단이 둘 다 이곳 호남이
네."
 말투는 분명 골치 아프다는 말인데 표정은 생각보다
홀가분한 느낌이 강했다. 그리고 그런 사실을 본인도
아는지 머쓱하게 머리를 긁적거리며 강성중에게 물었
다.
 "강 형. 근데 어떡하면 좋을까? 먼저 쳐? 아니면 기다

려볼까?"

"……잠시만. 나도 생각 좀 하자."

딱 봐도 지악천은 거의 심중을 굳힌 거 같긴 하지만, 강성중은 아직 생각할 시간이 필요했다. 사해전장과 대룡상단은 중원 전역에 지점을 가지고 있는 금권(金權)에서 다섯 손가락 안에 들어가는 이들 중 두 곳이었다. 두 곳이 만약 합쳐진다면 중원의 금권에서 가장 우뚝 설 수 있을 것이다. 하지만 말이 그렇다는 거지. 실제로는 나머지 세 손가락에 드는 이들이 가만둘 리가 없으니 현실적으로는 불가능한 이야기이긴 했다.

다만, 문제는 하나는 돈줄, 하나는 상인들의 목줄을 쥐고 있다는 것이었다.

'정말 사해전장과 대룡상단을 상대로 전쟁을 하려면… 다른 세 손가락에 드는 전장과 상단을 설득해야 한다. 단지 본단을 쳐내는 수준으로 끝내는 게 아니고 거의 다른 쪽에서 힘을 못 쓰게 막아야 해.'

그렇게 한참을 생각하던 강성중이 고개를 돌려 지악천에게 물었다.

"너 사해전장과 대룡상단을 치고 난 후에 공적이나 물적으로 뭔가를 원해? 돈 같은 거."

"음… 솔직히 돈이야 적당히 쓴다는 가정으로 생각한다면 죽을 때까지 쓸 수 있을 거 같고. 물론 이왕이면 돈은 많으면 많을수록 좋지. 아무리 힘이 있어도 돈이 있고 없고의 차이에 따라 삶이 달라지잖아."

지악천의 말은 정론이자, 정답에 가깝다고 할 수 있었다. 초절정의 고수가 돈 때문에 힘들어하는 가족을 위해서 자신의 목숨을 걸고 상단이나 전장에 몸을 맡기는 웃기지도 않는 일이 비일비재했으니까.

"좋아. 어차피 사해전장과 대룡상단이 진짜 암상의 실체라면 피할 수 없겠지. 그들 자식이 이쪽에 있으니까 조사하는 데 오래 걸리지도 않을 거고. 딱 최소 보름만 줘라. 위에다 보고하게."

솔직히 지악천은 홀로 쳐들어가도 나쁘지 않다고 생각했다. 하지만 강성중의 표정을 보아하니 자신의 힘만으로 안 되는 뭔가가 있다고 생각했고, 생각의 폭이 넓어지자 그제야 인지했다.

"아. 그렇겠네. 나 혼자 밀고 들어간다고 되는 게 아니겠구나."

"그래, 맞아. 아무리 사해전장과 대룡상단의 본단이 호남에 있다고 해도 다른 곳에 자리한 지점이나 분점도 있으니까. 그들이 소문을 듣고 혼란을 일으키면 좋지 않으니까."

"결국, 강 형이 속해 있는 무림맹이나 이전처럼 제갈세가의 힘을 빌리는 게 좋겠네?"

"결론적으론 그렇겠지. 하지만 쉽지 않을 거야. 분명 사해전장이나 대룡상단에서 보호비와 유사한 명목으로 매달 보내는 돈을 받는 문파나 세가가 얼마나 많을지 상상조차 어려우니까."

"그래서 물어본 거였구나. 내가 큰 욕심 부리지 않는다면 사해전장과 대룡상단을 갈기갈기 찢어서 그들에게 적당히 나눠주고 그들을 조용히 시키려고."

"큰 맥락은 그렇지. 그들 입장에선 꾸준한 수입원이 하나 줄어드는 거니까. 그리고 암상이라는 이름이 붙은 상태에서 대놓고 불만을 드러내진 못하겠지만, 그 불만은 쌓이기 전에 처리하는 게 최선이니까."

강성중의 말에 지악천은 극히 공감한다는 듯이 고개를 끄덕였다.

"제일 좋지."

지악천은 어지간하면 항상 그렇게 일 처리를 해왔으니까.

"일단 기다리지. 어차피 하루 이틀 안에 해결될 일도 아니니 길게 봐야겠네. 그러면 나도 자리 비운 사이에 고칠 부분도 고치고 해야겠네."

"고쳐? 어딜?"

"거의 1년 동안 자릴 비웠더니 미쳐 돌아가니까. 다시 교육해야지."

"아."

강성중은 지악천이 뭘 말하는지 이해했다.

'명복을 빈다. 후포성.'

하지만 그것이 후포성에게 큰 기연이라는 걸 강성중은 누구보다 잘 이해하고 있었다. 어느 누가 매일같이 화경의 고수와 손속을 섞을 기회를 얻을 수 있겠는가.

'물론 당사자는 기겁하겠지만.'

그렇게 결정을 내린 강성중은 보다 빨리 소식을 전하기 위해서 직접 움직이기로 했다. 어디를 거쳐 가면 중간에 정보가 샐 수도 있고, 전서로 전하지 못하는 부분도 한 번에 전달하는 게 더 효율적이라고 생각했다.

"최대한 빨리 돌아올게."

"어."

지악천의 짧은 대답에 강성중도 군말 없이 지하를 빠져나갔다.

"자, 이제 그놈을 교육하기 전에 너희들을 어떻게 할지 생각해보자."

지악천은 자신과 강성중의 대화를 모조리 듣고 있던 셋을 향해서 가벼운 미소를 지었다. 하지만 그 미소는 보는 사람에 따라선 섬뜩하게 보일 수 있는 미소였다.

"사, 살려주신다고 했잖아요!"

지악천의 미소를 보고 가장 먼저 입을 뗀 사람은 처음 지악천에게 잡혀 온 사내였다.

"죽이지 않는다고 말하진 않았잖아. 그리고 죽이지 않는다고 해도 사지 멀쩡하게 나가려고 하는 것도 욕심 아닌가? 너랑 같은 호위대 애들은 거의 다 반병신이 됐는데."

"……"

결국 살려는 주겠는데 멀쩡히는 나가지 못할 거란 말이었다.

"이쪽은 해결됐고. 나머지 둘이 문제네. 둘 중 하나를 살려줘도 저쪽이 죽으면 의미가 없으니까. 어떡할까? 흐음… 다 죽이는 게 낫긴 하겠지?"

굳이 목소리를 낼 필요까지 없는 상황이었지만, 지악천은 왠지 모르게 그들을 자극하고 싶었다.

아직 꺼내지 않은 다른 뭔가가 있을 확률도 있기에.

"……."

하지만 동주평은 이미 체념한 표정이었고, 사내 역시 비슷했다. 사내는 강성중에게 정말 육체적이나 정신적이나 거의 극한으로 몰아붙인 탓인지 새까맣던 머리와 눈썹이 살짝 희끗희끗한 느낌이었다.

'쩝. 이러나저러나 멀쩡하다곤 할 순 없겠네.'

슈슈슉!

가볍게 수혈과 혼혈을 짚으면서 그들을 재운 지악천이 밖으로 향했다. 저들의 처우는 나중으로 당장 결정하지 않아도 괜찮았다. 지금 급한 건 동주평이 가져온 물건들의 압수와 후포성의 인성교육이었다.

현청으로 돌아온 지악천은 계속해서 현청 입구로 들어가는 마차를 보는 중이었다.

"무식할 정도로 많기도 하네. 얼마나 더 있냐?"

"음… 거의 다 온 거 같습니다."

"거기에 널브러진 놈들은?"

"전부 다 옥에 넣었죠."

"상인들은?"

지악천의 물음에 후포성이 한쪽에 묶인 채로 오들오들 떨고 있는 이들을 가리켰다.

"저기에 포박해서 모아놨습니다."

"밖은?"

"제가 직접 가서 다 잡아 왔습니다."

"오. 웬일이래? 시키지도 않은 일을 다 하게?"

　지악천의 순수한 감탄에 후포성은 눈을 흘겼다.

"……."

　'안 하면 두들겨 맞을까 봐. 라고는 죽어도 말 못 하겠다. 아무리 눈치가 없다고 해도 설마 그걸 모를까. 그동안 맞은 게 얼마인데.'

　그렇게 생각을 하는 순간에 지악천과 눈이 마주친 후포성은 본능적으로 눈을 깔았다.

"뭐, 알아서 척척 잘하면 됐지. 일단 환수한 것들 저 놈들의 증언과 대조해서 장부 만들고 있어. 현령님에게 말해서 압수한 것들 나올 상여금을 미리 떼 달라고 말할 테니까."

　이건 후포성보단 관졸들에게 좋은 이야기였다. 아직도 후포성은 녹봉과 별개로 지악천에게서 약조한 대로 돈을 받아가고 있었으니까. 그렇게 시끌시끌한 하루가 지난 후 지악천은 낯익은 장소로 체념한 표정의 후포성의 목덜미를 잡고 왔다.

"그동안 그저 놀고 있진 않았겠지?"

"……."

지악천의 말에 후포성은 그저 고개를 들어 하늘만 바라보고 있었다. 마치 하늘이 자신을 배신했다는 것 같은 표정이었다.

　"야, 누가 죽인데? 그냥 가볍게 확인하자는 거지. 누가 보면 죽이는 줄 알겠네."

　그렇게 하늘을 보고 있던 후포성의 고개가 지악천을 향했다.

　'알지. 암. 알고말고. 하지만 거기에 악의가 조금이라도 섞이면 죽어나는 건 난데?'

　차마 말도 못 하고 눈으로만 말했기에 지악천이 알아들을 리가 없다고 생각했다.

　"걱정하지 마. 사적인 감정은 하나도 없으니까."

　움찔.

　'와, 씨… 이젠 사람 속도 읽나?'

　자신의 속내를 정확하게 꿰뚫어 보는 지악천에 결국 두손 두발 다 든 후포성은 가볍게 몸을 풀기 시작했다.

　어제부터 전력으로 경공을 펼쳐 의창(宜昌)에 있는 무림맹에 도착한 강성중은 오롯이 은영단만이 출입하는 입구로 무림맹의 안으로 들어갔다.

　'여전히 징글징글하게 사람이 많네.'

　본래 은영단의 출입구는 인적이 가장 드문 곳인데도 인근에 사람들의 기척이 느껴지는 걸 보니 아무래도 무림맹에 일이 있는 모양이었다. 하지만 그것은 강성중이랑 관련이 없는 일이기에 무시하고 군사전으로 가기 전에 선보고를 해야 하니 은영단주를 먼저 만나야 했다.

그렇게 강성중은 은영단주가 있는 곳으로 향했지만, 그곳에서 은영단주를 만날 수 없었다.

'군사전에 정기보고를 하러 가셨나?'

그렇게 대략 한 대경 정도를 기다리고 있을 때 은영단주가 모습을 드러냈다.

"아니, 얼마 전에 돌아갔는데 왜?"

"일이 생겼습니다."

은영단주는 그의 말을 이해할 수 없었다.

"일? 무슨 문제라도 생겼어? 아니, 1년 가까이 조용하다가 갑자기?"

"아뇨. 저도 신경 쓰지 못하고 있었던 부분이었습니다."

강성중이 신경 쓰지 못한 부분이라는 말에 은영단주가 약간은 흥미로운 눈으로 바라봤다.

"네가 신경 쓰지 못한 부분이라니? 그렇다면 무인은 아니겠고 음… 암상?"

은영단주는 바로 '남악에서 일을 벌인다면 누가 있을까.'라는 생각으로 빠르게 정답을 유추할 수 있었다. 그리고 그런 은영단주의 말에 강성중은 고개를 끄덕였다.

"예. 암상 맞습니다."

"아니, 네가 모르던 걸 갑자기 알았을 리는 없고… 설마 벌써 하산한 거냐?"

은영단주는 지악천이 우내삼성(宇內三聖)인 무왕(武王) 그리고 신승(神僧)과 함께 수련에 들어갔다는 보고를 접했기에 알고 있었다.

그리고 강성중을 의구심 가득한 눈으로 바라봤다.

"예. 화경에 올라갔습니다."

"허… 암상이 남악에서 일을 벌였다는 것보다 더 충격적이군. 아주."

감정조절에 능한 은영단주조차 지악천이 화경에 올라갔다는 말은 아주 충격적이었다. 물론 지악천보다 어린 나이에 화경에 오른 이들이 종종 있긴 했었다.

다만 그것은 오래전 이야기일 뿐이었다. 물론 익히 지악천의 경이로운 성장 속도를 꾸준히 보고받긴 했다.

아무리 경이로운 성장 속도라고 한들 화경은 그저 많은 내공과 육체적인 수련만으로는 올라갈 수 없다는 것이 공공연하게 도는 사실이었으니 충격이 클 수밖에 없었다. 특히나 은영단주 자신조차도 초절정에 눌러앉은 지 꽤 오랜 시간이 흘렀으니까.

"하아…….."

정말 허탈한 듯 한숨을 내쉬는 모습에 강성중 역시 그 이유를 잘 알기에 조용히 그가 상념을 스스로 깨길 기다렸다. 그렇게 잠시간의 침묵이 흐르고 그 적막을 은영단주가 깨고 나왔다.

애초부터 언젠가는 이렇게 되리라는 것을 알고 있었지만, 막상 겪으니 정신적인 후유증이 생각 이상으로 컸다.

"후…… 미안하다. 추한 모습을 보였다."

은영단주의 말을 강성중은 그리 크게 받아들이지 않았다. 어차피 그게 흠이 될 일도 아니었다. 다만, 은영단주도 사람이라는 것만 확인했으니 나쁘지 않다고 할 수도 있었다.

"나머지는 군사님에게 직접 보고하도록 하지."

그렇게 둘은 군사전으로 향했다.

─군사님. 급보가 들어와서 그러는데 보고받으시겠습니까.

군사전으로 들어가는 비밀통로로 들어선 은영단주는 제갈군에게 전음을 날려 그의 의중을 물었다. 그리고 이내 전음을 들은 제갈군이 가벼운 손짓을 하자, 집무실에 은영단주와 강성중이 모습을 드러냈다.

"흠… 자네는 왜 여기 있나? 남악으로 간지 얼마나 됐다고."

"급한 일이 생겼습니다."

"급한 일? 흠. 그가 돌아왔다고 해도 그건 그리 급한 일이 아니지. 다른 일이겠군. 말해보게."

"예. 지악천이 돌아왔고, 돌아온 다음 날 충돌이 있었는데, 그 과정 중에 암상의 인물을 붙잡았습니다. 자칭 암상의 혈육이라고 합니다."

"흠… 들은 것만으로 판단하기에는 생략된 게 상당히 많기는 한데… 결론적으로는 지악천이 돌아왔고, 그가 돌아오자마자 남악에 스며들었던 암상을 잡아냈다는 말이로군."

"……맞습니다."

"그리고 자네가 그 소식만 가지고 왔다는 것은 아닐 테고, 지악천이 암상의 정보를 알아냈고 그 정보를 가지고 자네에게 부탁해서 나와 거래하자는 것이겠군. 암상이라는 정체불명의 상대가 가지고 있을 무수한 재력을 대상으로. 하지만 이건 그가 생각했기보단 자네의 생각일 확률이 높겠군. 안 그런가?"

"예."

"흠… 자네가 생각하기에 합당한 거래가 된다고 생각하니 자네가 주도했겠지. 말해보게나."

제갈군의 말에 강성중은 자신이 지악천에게 했던 말을 풀어서 말했다. 그 말을 들은 제갈군과 은영단주의 표정은 큰 변화는 없었다.

"그렇군. 무슨 의도인지는 대충 이해했네. 최우선적인 목적은 상대를 칠 때 혹시 모를 방해요소가 없게 해야 한다는 말이로군."

제갈군은 대충이라고 했지만, 강성중이 말하는 핵심을 정확히 짚어냈다.

"맞습니다. 군사님."

"자네의 생각은 존중하네. 자네 나름대로 합리적이고

차후에 생길 문제까지 사전에 봉합하겠다는 의도는 칭찬하네. 하지만 말이지. 욕심이나 욕망은 사람의 이성을 마비시키기도 하고 상상을 초월하기도 한다네. 그리고 가장 중요한 것은 어떤 이들에게 얼마나 들어갔는지 모르니까. 그들에게 얼마를 줘야 만족할지 알 수 없다는 거지. 결국 만족하지 못하면 그들과도 싸우려는 건가?"

"……."

강성중의 침묵 속에 제갈군은 아랑곳하지 않고 말을 이어갔다.

"그러지 말고 그냥 지악천에게 자신의 힘으로 사해전장과 대룡상단을 힘으로 무너뜨리라고 하게나. 아이러니하게도 공석이 생기면 언제까지고 공석으로 남을 것 같지만, 실상은 그렇지 않은 법이지 않은가. 무림맹의 이름과 제갈세가의 이름을 굳이 쓰지 않아도 사해전장과 대룡상단이 무너지면 아래나 곁에서 기회만 엿보고 있던 이들이 알아서 움직일 것이네. 물론 그들에게 약간의 제약을 걸어야겠지만. 사해전장과 대룡상단의 잔재를 집어삼킬 수 있는 이들은 어차피 극소수에 불과하니까. 계산이 빠를 것이네."

"……."

"앞서도 말했지만, 자네의 의견도 나쁘지 않네. 하지만 상대에게 준비할 빌미를 준다는 부분도 문제라네. 또한, 협상은 누가 하는가? 자네? 아니면 그? 그리고

협상 내용이 암상으로 흘러가지 말라는 법도 없지 않은
가. 그리고 가장 큰 문제는 이쪽에서 나설 명분이 없다
는 거라네. 물론 제갈세가에서 그를 도와줬기에 관련
이 있다고도 할 수 있지만, 이런 일에 끼어들 만한 수준
은 아니라네. 단지 신의를 위해서 도와준다고 해도 그
것만 가지고 이리떼처럼 뜯어먹으려고 발버둥 치는 이
들이 어디 한둘이겠나?"

결론을 내린다면 '거절'이었다. 물론 제갈군이 거절하
긴 했지만, 차후에 강성중에게 뭘 어떻게 해야 하는지
전부 다 알려준 셈이었다. 어차피 강성중의 존재를 아
는 이들은 무림맹주와 앞에 있는 제갈군과 은영단뿐이
었다.

"알겠습니다. 그렇다면 그렇게 진행한 이후에 다시
뵙겠습니다."

제갈군은 자신의 말을 알아들은 강성중의 모습에 느
끼고 미소를 지었다.

"아, 그리고 그에게는 축하한다고나 전해주게나. 관
인으로서 다섯 손가락 안에 들어가는 고수된 걸 축하한
다고."

"알겠습니다. 그렇게 전하겠습니다."

제갈군의 말에 강성중이 가볍게 묵례(默禮)를 한 후에
들어왔던 그대로 빠져나갔다. 그리고 강성중이 군사전
에 완전히 빠져나갔다는 걸 확인 후 은영단주가 제갈군
에게 물었다.

"아쉽지 않습니까."

은영단주의 말에 제갈군은 전혀 모르겠다는 듯한 표정으로 물었다.

"뭐가 말인가?"

"항상 말씀하시지 않습니까. 돈이 부족하다고."

"아무렴. 부족하지. 언제나."

"그런데 왜 거절하셨습니까? 무림맹에서 한 손 거들면 지분 챙기고 그걸로 다른 상단들과 거래를 할 수 있지 않습니까."

은영단주의 말에 제갈군이 살짝 웃음을 흘렸다.

"하하. 맞네. 그렇게 생각할 수도 있지. 하지만 그렇게 하고 그 뒷감당을 전부 다 받아내야 하지 않나?"

"……."

"물론 그것 말고도 다른 문제도 있다네. 내가 무림맹의 군사로서 무림맹을 움직여 사해전장과 대룡상단을 치는 그 순간부터가 문제가 될 거라네. 속사정을 알든 모르든 상인들이 무림맹이 사해전장과 대룡상단을 상대로 전쟁을 벌인다는 소식을 접한다면 안 그래도 우리의 힘을 경계하는 중인데 그런 일까지 벌어지면 더 경각심만 강해질 것이 뻔하지 않은가."

"맞습니다."

"그렇게 된다면 그사이에 생길 비약과 억측도 떠돌게 되겠지. 물론 그런 비약과 억측쯤은 어떻게든 해결할 수 있는 문제긴 하네. 하지만 대신 자네가 많이 바빠지겠지. 그리고 왜 가장 쉬운 방법이 있는데 왜 굳이 힘들고 귀찮은 길로 가려고 하는지 도통 모르겠단 말이지."

제갈군의 말에 은영단주도 모르겠다는 듯이 제갈군의 입만 바라보고 있었다.

"지악천. 그는 현재 '관인'이지 않은가. 관리하는 지역이 멀리 떨어지긴 했지만, 그는 엄연히 관인이네. 그것도 지금은 호남에서 이름을 많이 알린 포두지. 그가 의도했든 의도하지 않았든 결과적으로 관인들에게는 그의 이름 석 자가 의미하는 바는 우리의 생각보다 크다네. 관과 무림은 환경만 다를 뿐이고 거기도 우리처럼 사는 곳이라는 거지. 사해전장과 대룡상단? 그가 관인으로서 움직여서 그곳을 치면 된다네. 그렇게 된다면 명분이 필요 없고 일은 합법이 되고 아무리 호남의 도지휘사사에 힘을 쓰려고 해도 쓸 수 없게 될 것이네. 그리고 지금 호남에서 무관 중에서 그를 이길 수 있는 사람이 있을 거라 보나?"

"…있을 리가 없지 않습니까."

당연했다. 한적한 호남에 황궁을 지키거나 북벌하기 위해서 떠나야 할 화경의 고수가 호남에 있을 리가 이유가 없지 않겠는가.

"잘 알고 있지 않나. 그래서 더 그러네. 그냥 가만히 지켜보고 있으면 결국 그가 어렵지 않게 모든 것을 알아서 해결하겠지."

"하지만 그렇게 된다면 저희는 아무것도 한 게 없지

지악천   100

않습니까."

은영단주의 말에 제갈군은 이해할 수 없다는 듯이 두 눈을 껌벅거렸다.

"왜 그렇게 생각하나? 우리가, 무림맹이 한 게 없다 니?"

당연히 한 게 없으니까 한 게 없다고 말했을 뿐인데 돌 아오는 답은 가관이었다.

"……."

"우리가 직접 사해전장과 대룡상단을 손대는 것은 무 리라는 건 누차 얘기했으니 이해할 테고. 우리는 지악 천과 암상의 상황이 마무리되는 대로 신속하게 움직여 서 중재해야 한다는 거지. 물론 우리를 통해서 얘길 하 는 건 정파뿐만 아니고 사파도 마찬가지고, 거기다 무 수한 상인들과 관인들까지도. 우리는 그 과정에 참여 만 하면 될 일이라네. 그런 상황에서 무림맹이 중립적 인 위치에서 중재하겠다고 하면 누가 반발하겠나. 지 악천. 그는 관인으로서 할 일을 한 거고. 우리는 우리의 방식대로 처리하는 거지. 양쪽 다 불만 없이. 물론 결과 적으로 가장 큰 이득을 보는 것은 당연히 지악천. 그가 되어야 하고 그다음은 우리가 되어야 할 것이네."

"하지만 너무 낙관적으로 보고 계신 것 아닙니까?"

"낙관적이라… 흠. 그럴 수도 있겠지. 세상일에 변수 가 없으면 얼마나 삶이 지루하겠는가. 그래도 그다지 큰 걱정은 하지 않는다네. 물론 이름 없는 화경의 고수가 너덧 명씩 갑자기 튀어나오는 것이 아니라면 말이야."

　제갈군이 말하는 것은 아무리 변수를 생각해도 너무나도 터무니없는 것이니 때문에 낙관적으로 보일 수밖에 없었다.

　'물론 그가 이렇게 빨리 화경에 도달할 줄은 전혀 생각지도 못하긴 했지.'

　제갈군은 화경의 경지에 도달한다는 것이 얼마나 극한에 달하는 노력이 필요한지 잘 알고 있었다. 그의 형이자, 제갈세가를 이끄는 가주인 제갈승후가 그런 극한에 비견되는 수련을 통해서 어렵사리 도달한 경지였으니까.

　한편 밖으로 나온 강성중은 제갈군의 생각이 뭔지 계속해서 곱씹고 있었다.

　'흐음… 군사께서 하시고자 하는 말은 대충 이해하긴 했지만, 굳이 그렇게 해야 할까?'

　강성중이 보기에는 제갈군의 생각보다 자기 생각이 좀 더 괜찮아 보였다. 하지만 다시 남악으로 돌아가는 내내 생각해보니 제갈군이 무슨 생각으로 그런 말을 했는지 조금씩 이해되기 시작했다.

　'아… 그렇게 된 건가?'

　계속해서 생각하고 또 생각하니 제갈군이 했던 말의 의도를 거의 다 이해할 수 있었다. 그가 이해한 부분은 극히 지악천을 위한 부분이었다. 마지막에 제갈군이 생각한 중재라는 생각은 강성중의 머리에는 들어 있지 않았다.

여느 때처럼 전날 후포성을 수련을 빌미로 두들긴 지악천은 휘파람을 불면서 순찰을 돌고 백촉에게 커다란 고깃덩이를 선물한 후에 동주평이 있는 지하로 향했다. 지하로 끌려온 지 며칠 되지도 않았지만, 동주평의 얼굴은 초췌를 넘어 거의 죽어간다고 해도 과언이 아닐 정도였다. 그리고 그런 그를 보는 지악천의 눈에는 동정이라는 감정은 하나도 없었다. 자신을 죽이기 위해서 온 이를 향해서 동정할 만큼 지악천은 인격자가 아니었다.

눈에는 눈, 이에는 이. 이런 생각이 없었다면 지금까지의 지악천의 성장동력이 존재하지도 않았다. 오롯이 자신의 가슴에 망설임 없이 검을 찔러 넣었던 단 한 명을 향한 지독하기 그지없는 분노와 증오가 지금의 지악천을 있게 만들었다. 그렇기에 더더욱 이들을 살려줄 생각은 없었다. 더군다나 일전에 도지휘사사에 넘겼다가 아무것도 얻어내지 못하기도 했던 것이 영향을 끼치기도 했다.

"흐음… 어떻게 할까나."

지악천의 고민은 겉으로 깊어 보였을 뿐이었다. 속으로는 사실상 이미 결정된 사항이나 다름없었다. 이 자리에 있는 단 한 명을 제외한 둘은 죽음. 그 한 명은 지악천이 데려온 호위대에 속했던 사내뿐이었다.

'어차피 주요 혈도를 몇 군데 막아놓을 거니까 도망가기 바쁘겠지.'

지악천은 그를 멀쩡하게 풀어줄 생각은 여전히 없었다. 지악천의 생각을 아는지 모르는지 셋은 고민하는 것처럼 보이는 지악천에게 일말의 희망을 품었다. 그렇게 지악천이 말없이 가만히 있던 와중에 지하로 잔뜩 심통 난 얼굴의 후포성이 들어섰다.

"포두님. 현령님 찾습니다."

"그래? 갔다 올 테니까 애들 좀 보고 있어라."

"예? 제가요?"

"여기에 너 말고 누가 있는데?"

후포성이 자기 자신을 손가락으로 가리키며 묻자, 지악천은 당연하다는 듯이 말했다.

"저도 할 일 많습니다만?"

후포성도 나름대로 반항하려고 했다. 하지만 아무 의미도 없었다.

"뭐? 아침 순찰은 내가 했고 넌 그 사이에 애들 모아놓고 이상 유무 확인했을 거고 오후 순찰은 아직 한참이나 남았고 또 뭐가 있냐? 내가 모르는 거."

"……."

지악천의 말에 후포성은 일순간 반박할 수 없었다. 전부 다 지악천이 짜 놓은 순환 근무표에 기재된 내용으

지악천 104

로 후포성의 일과를 시작하는 만큼 변명의 여지는 없어 보였다.

"아, 아니! 제 검도 닦을 시간이 있어야죠. 어제 그 난리를 쳐놓고 검이 멀쩡할 수 없잖습니까."

나름대로 짧은 순간에 내뱉은 말치고는 상당히 괜찮은 이유였다.

"그으래? 쯧, 어쩔 수 없지."

후포성의 말은 당연히 그럴듯한 이유였다. 그만큼 전날의 대련은 근 1년 만이라 살짝 격하기도 했었으니까.

"너희는 일단 자고 있어라. 다녀오면 깨워 줄 테니까."

그 말을 끝나기 무섭게 지악천이 손가락을 뻗으며 무음지를 날려서 그들을 재웠다.

"가자."

"……예."

'와… 미친 이젠 무음지까지 쓰네? 그럼, 어젠 도대체 뭔데?'

어제의 대련을 떠올린 후포성은 지악천이 방금 날린 무음지를 두 눈으로 보자, 어제는 진짜 장난에 불과하다는 것을 깨달을 수밖에 없었다. 지악천이 자신을 상대하면서 전력의 드러내지도 않고 자신을 가지고 놀았다는 걸. 하지만 그런 생각을 하면서도 분노하지 않았다. 애초에 자신과 지악천의 격차는 자신이 당장 따라갈 수 없는 차이가 있다는 것을 첫 만남부터 알고 있었으니까.

후포성도 자수성가 수준으로 이만큼 올라왔기에 알고 있었다. 자신보다 월등한 고수와 손속을 이렇게 시도 때도 없이 섞을 수 있다는 것은 대단한 기연이라는 것을. 물론 그런 생각은 한 보름까지였다. 딱 보름이 지난 후부터는 그 말을 만들어낸 이를 저주했었다.

그렇게 지악천과 함께 현청으로 복귀하고 있던 후포성이 물었다.

"그러고 보니 물어보지 않았었는데, 그분들과 도대체 뭘 하고 지낸 겁니까?"

짧은 물음이었지만, 담겨 있는 물음의 깊이는 깊었다.

"……뭐, 이것저것?"

"아니, 그러니까. 이것저것이 뭡니까?"

"간단하게 말하자면 내가 너랑 꾸준하게 해왔던 것과 같지. 거의 1년 동안 매일같이 대련했지."

지악천의 말에 후포성은 어이가 없다는 듯이 되물었다.

"…그게 답니까?"

지악천은 검지로 자신의 볼을 긁으면서 고갤 끄덕였다.

"대련 말고 뭐, 굳이 다른 게 있다면 무공에 대한 기초 강의? 신승께선 무공의 전반적인 이론을 가르쳐 주셨지. 그에 대한 응용법도 알려주셨고."

"……."

후포성의 입에 '그걸 말이라고 합니까?'라는 말이 거의 입만 벌리면 나올 듯했지만, 가까스로 삼켜내며 침묵했다. 물론 지악천과 함께 지내면서 그가 묘하게 부족한 것이 많다는 것은 인지하고 있었던 부분이었다. 그 부족한 부분을 채우기 무섭게 경지가 올랐다는 건 쉽게 믿을 수 없기도 했지만, 그렇다고 믿지 않을 수가 없었다.

당시에 지악천은 누가 봐도 초절정이라고 지칭할 수 없을 정도로 강한 모습을 보여줬기에 오히려 기본이 부족해서 정체 중이라고 본다면 딱히 반박할 수도 없는 노릇이었다. 그렇게 부족한 부분을 채워서 화경에 닿았다는 말이 그 어떠한 계기보다 그럴듯해 보였다. 어떻게 본다면 희망적인 이야기라고 할 수도 있었다. 만약 후포성이 좀 더 깊게 생각했다면 절대 믿지 않았겠지만.

그렇게 현청에 들어선 둘은 갈라졌다. 후포성은 자신의 검을 재정비하러 갔고 지악천은 현령에게로 향했다. 그렇게 현령의 집무실 앞에 선 지악천이 안에 인기척이 있는 걸 확인한 상태로 말했다.

"현령님. 지 포두입니다. 찾으셨다고 들었습니다."

"들어오게."

안으로 들어가자 어제보다 한결 나아진 표정으로 지악천을 맞이하는 현령의 모습에 묘한 편안함을 느꼈다. 그럴 만도 한 게 어제 지악천이 현령과 얘길 나누면서 자연스럽게 이번 일과 암상에 관해서 얘기가 나왔다. 그러면서 지악천이 어떻게 할지 생각을 먼저 내비쳤기 때문이었다.

"결정을 내리셨습니까?"

지악천은 어제 현령에게 복귀하긴 했지만, 아직 1년을 채우지 못했으니 그 시간을 활용할 수 있게 해달라고 요청했었다. 그리고 그 남은 시간의 활용은 당연히 암상을 상대하는 것이었다.

"그런데 정말 괜찮겠는가? 혈혈단신으로."

"충분합니다. 다만, 중간에 일이 생길지 모르니 관인으로서 그들을 칠 생각입니다."

"…어제도 들었지만, 정말 믿기지 않는 자신감이군."

"하하. 제형안찰사사에 계신 황창주 교관님보다 제가 더 강할 겁니다."

그 말에 현령의 눈이 좁아졌다. 지악천의 말이 쉽게 믿어지지 않을 수밖에 없는 것이, 현령 역시 황창주의 이력과 능력을 나름대로 잘 알고 있는 사람이었다. 북경의 정치판에서 밀려나 한직으로 온 것이 황창주였기 때문이었다. 그런 황창주보다 강하다는 말은 그만큼 쉽게 내뱉을 수 없는 말이었다.

"…자네가 그 정도라고?"

"자신할 수 있습니다."

사실 지악천은 초절정일 때도 황창주에게 밀리지 않았기에 확실한 자신감을 가질 수 있었다. 적어도 호남

지악천 108

에서 자신을 능가하는 관인. 특히 무관들은 없을 거라고.

정확하게 따진다면 호남에 자리 잡았다고 알려진 관인들과 무인들과 비교해서 그 어떤 이보다 강하다고 할 수 있는 게 지악천이었다. 물론 암상에 어떤 고수가 있을지 모르는 상황이지만, 자신만만했다.

'놈들이 아무리 강해봤자, 무왕님보다 강하겠어?'

무왕과 질린다는 표현이 부족할 만큼 호되게 당했던 지악천이니까 할 수 있는 생각이었다.

"……."

지악천의 확신 가득한 말에 현령 역시 생각하지 않을 수 없었다. 당시에는 여자에 눈이 돌아서 그랬다지만, 지금은 그렇지 않았다. 그러니 생각이 많아질 수밖에 없었다. 본래는 그냥 암상에서 손을 떼라고 말하고 싶었다.

압수한 것들 전부 다 넘겨주고 차라리 암상과 결별하자고 말하고 싶었을 정도였다. 하지만 자신의 강함을 숨기지 않는 모습에 고민할 수밖에 없었다. 만약 지악천이 실패하면 자신의 자리는 물론이고 목숨까지도 위태로워질 테니까. 하지만 그 반대로 지악천이 암상을 무너뜨린다면 그 어느 것보다 눈부신 성과로 남을 수 있을 것이 자명했다. 물론 그 성과 중 자신의 몫은 거의 없겠지만, 그래도 이렇게 평생 누군가가 언제 자신의 목을 노릴지 모른다는 두려움보다 나을 수 있었다.

'상대에게 무릎 꿇고 자비를 바라거나, 상대를 제거해서 영위(榮位)를 바라거나. 결국 둘 중 하나인가.'

그러는 와중에 한 가지 기억이 떠올랐다. 자신이 남악에 현령으로 임관한 후에 지악천은 그 어떤 일에도 실패해 본 적이 없다는 것을. 도박으로 따진다면 다섯 판 중 네 판을 별다른 무리 없이 이겼고 마지막 판을 앞둔 셈이었다. 이기면 모든 것을 가질 수 있고, 진다면 모든 것을 잃게 되는 말 그대로 건곤일척(乾坤一擲)의 목숨 건 한 판인 셈이었다. 현령은 지악천이 실패할 경우 벌어질 일에 대해선 이미 알고 있었다.

앞서 영주(永州) 현청이 어떻게 됐는지 알고 있기에 모를 수가 없었다. 지금 현령의 결정 하나로 그와 지악천의 목숨만 거는 것이 아니었다. 남악 현청에서 일하는 모든 이들의 목숨을 거는 행위였다. 그만큼 현령의 생각은 필연적으로 길어질 수밖에 없었다.

물론 지금 일을 후포성이 알았다면 길길이 날뛰면서 그만두겠다고 하겠지만, 그런 사실을 지악천이나 현령이 말해줄 리가 없었다. 생각에 잠긴 현령을 지켜보던 지악천이 자신의 존재감을 최대한 지워냈다. 그렇게 생각에 잠긴 현령의 입이 열린 것은 약 반 시진이 지난 후였다.

"후……."

깊은 한숨을 내뱉은 현령의 표정은 아까보다 더 좋아진 상태였다.

"불러놓고 미안하네. 오래 기다렸나?"

"아닙니다."

반 시진이나 기다렸지만, 그 결정이 결코 쉬운게 아니라는 걸 알기에 쓸데없는 부담을 주고 싶은 생각은 없었다. 물론 그런다고 모를 리가 없지만 말이다.

"다행이군. 아무튼, 결정을 내렸다네."

결정을 내렸다는 현령의 말에 지악천은 그저 말없이 바라봤다.

"그렇게 빤히 쳐다보지 않아도 된다네. 자네가 원하는 대로 하게나. 하지만, 알고 있겠지?"

"예. 알고 있습니다."

지악천 역시 현령이 어떠한 마음가짐으로 결정을 내렸는지 알고 있었다. 이제 모든 것은 자신의 손에 달렸다. 암상과 일전이 자신과 현청이 걸린 걸림돌의 끝이될 거라 믿어 의심치 않았다.

"한 달. 그 안에 결정이 날것입니다."

"…피 말리는 한 달이 되겠군."

그 후 다시 한 달 동안 자리를 비우는 만큼 다른 일정들을 현령과 함께 조율을 끝낸 지악천이 현령의 집무실에서 나왔다.

'일단 일정 조율은 끝냈고 나머지는 말 그대로 나 혼자 가냐 아니면 강 형이 가져오는 결과를 보고 움직이냐의 문제인가.'

그렇게 잠시 현령의 집무실에서 나온 지악천이 생각

에 빠진 사이에 관졸이 다가왔다.

"지 포두님?"

"음? 어, 왜? 무슨 일 있어?"

자신을 부르는 목소리에 그를 바라보고 묻자, 그는 바로 본론을 꺼냈다.

"밖에 어떤 중년인이 포두님을 찾습니다. 안으로 들어와서 기다리라고 했는데 밖에서 기다린다고 합니다."

"그래? 알겠다. 가볼 테니까. 가서 일 봐."

본래 후포성에게 가려고 했던 방향을 바꿔 정문으로 향했다. 그렇게 정문을 빠져나온 지악천을 기다리고 있는 사람은 제갈수였다.

"찾으셨다고요?"

"혹시 바쁜데 방해했는가?"

"아닙니다. 좀 있으면 좀 바빠지긴 하겠지만, 지금은 괜찮습니다."

"그런가? 다행이군. 자, 받으시게."

지악천의 말에 순간 의문이 들었지만, 이내 품 안에 손을 넣어 서신을 꺼내 들었다.

"뭡니까?"

"천중산(天中山)에서 온 거라네."

"아."

천중산이라는 말에 누가 보낸 건지 깨달은 지악천이 빠르게 서신을 폈다. 서신에는 천중산에서 아직 한창

지악천　112

수련 중인 차진호의 말이 잔뜩 쓰여 있었다. 힘들어 죽겠다. 라는 말로 시작해서 서서히 성과가 보인다는 말까지 그동안 하고 싶었던 말을 다 쏟아내는 듯한 내용을 읽으니 마음이 한결 편해졌다. 그리고 마지막에 적힌 내용은 다른 문체로 보아 구지신개가 남긴 것으로 보였다.

구지신개는 차진호의 성장 속도가 예사롭지 않다는 말과 지악천이 전해준 영약으로 인해 차진호의 성과가 크게 진일보했다는 내용을 주로 담고 있었다.

'역시…… 그렇네.'

지악천은 차진호의 남다른 재능을 늦게나마 알아봤다.

물론 차진호가 재능이 없다고 해도 지악천은 그에게 영약을 주는 데 일말의 주저함도 없었겠지만 말이다.

'물론 성과가 없는 것보다야 낫지, 성취감을 느낄 정도니 다행이네.'

"고맙습니다. 제갈수 장로님."

"하하. 이게 고마울 일인가? 당연히 해줘야 할 일이지."

제갈수는 이제 화경에 올라선 지악천과 인연이 끊어지지 않길 바랄 뿐이었다.

'이왕이면 혈연관계가 되면 더 좋겠지만, 그것이 불가능하다면… 이렇게 관계를 유지하는 게 최선이지.'

물론 이런 단순한 계산만 있는 것은 아니었다. 한 명

의 고수가 있고 없고는 만들어 낼 수 있는 파급력에서
부터 차이가 나기 때문이었다. 더군다나 지악천은 아
직 공식적으로 알려지지 않은 화경의 고수이기에 더더
욱 그럴 수밖에 없었다. 그렇게 둘은 헤어지고 지악천
은 원래 가려고 했던 후포성에게로 향했다.

좌아악, 스르릉. 좌아악, 스르릉.

후포성의 방에선 검날을 갈고 있는 소리만 울리고 있
었다.

"아직 멀었냐?"

후포성의 방 밖에 서서 말하자 안에서 검을 가는 소리
가 멈췄다.

"아직 멀었습니다."

"……."

아직 멀었다는 말에 지악천은 딱히 할 말이 없었다.
후포성의 검날이 상한 것은 자신의 탓이 없지 않기 때
문이었다. 검날의 이가 빠졌다면 차라리 대장장이에게
맡길 텐데 딱 애매한 상태라서 직접 손질하려고 했다.
칼 밥 먹고 살았던 경험이 있어서 그런지 스스로 손질
하려는 경향이 특히나 강했다.

"그러면 갈면서 들어라. 어차피 긴 얘긴 아니니까."

"예. 뭐, 들어오시죠."

말을 하는 와중에도 후포성은 그저 검날을 가는데 집
중하고 있었다.

좌아악, 스르릉. 좌아악, 스르릉.

안으로 들어왔지만, 계속해서 검날을 갈고 있는 후포
성의 모습에 지악천은 살짝 입맛을 다셨다.

"결정 났다."

"또 자리 비우시는 겁니까?"

"어. 한 달 안에 모든 게 결정 나겠지."

지악천의 말에도 검날을 가는 데 집중하고 있는 후포
성이 물었다.

"어떻게요?"

"내가 죽으면 현청도 온전하긴 힘들겠지."

"아. 그러면 별로 걱정 없겠네."

지악천의 말에 후포성은 짧은 탄식 후에 별거 아니라
는 듯이 말했다.

"별로 걱정도 안 되냐?"

"아니, 솔직히 포두님이 홀로 가서 박살내겠다는데
누가 말립니까? 거기에 천하십오절(天下十五絶)에 들
어가는 고수라도 있답니까?"

"그건 모르지."

"에이, 그런 이가 있었다면 포두님이 자릴 비운 사이.
아니, 그 전에 박살이 났겠죠."

묘하게 날카롭게 파고드는 말에 지악천도 그다지 그
부분에 대해서 할 말은 없었다.

"그것도 그렇지."

"아무튼, 무탈하게 다녀오십시오."

"어, 어. 그래. 아, 그리고 진호에게서 연락이 왔었다."

"하루하루가 지옥 같다고 합니까?"

"재미있다고 하더라. 무공에 재미가 붙은 모양이다."

지악천의 말에 열심히 검날을 갈던 후포성의 고개가 들리면서 천장으로 향했다.

"후……."

아마 내공이 없는 차진호와 자신이 거의 호각에 가까 웠는데 구지신개에게 배운 후 어떻게 달라졌을지 궁금 하면서도 두려웠다. 안 그래도 차진호가 무공까지 자 신을 앞서게 된다면 처신이 더 힘들어질 듯했다.

'절정이라는 무위가 결코 하찮은 수준이 아닌데 왜 이 렇게 가슴이 답답할까.'

후포성의 생각대로 절정은 절대로 낮은 무위가 아니 었다. 다만, 지금 그의 곁에는 화경의 고수가 있고 좀 더 넓게 보면 또 다른 초절정의 고수인 제갈수와 지금 은 자릴 비운 강성중이 있었다. 사실 무림의 주류에 속 하지 않는 이들이라면 후포성만 해도 대단한 무위라고 칭할 만했다. 남악이라는 촌구석에 화경의 고수가 있 는 게 문제라는 생각까지도 들었지만, 입 밖으로 내뱉 진 않았다.

그런 말을 내뱉을 정도로 멍청하진 않았다.

"왜?"

"아닙니다."

"아무튼, 강 형. 오면 바로 떠날지도 모르니까 그렇게 알고 있어."

"네."

짧게 대답한 후포성의 검을 쥔 손은 아까보다 좀 더 빨라졌다. 거의 마무리 단계에 접어든 모양이었다.

"그래. 고생하고."

촤아악, 스르릉. 촤아악, 스르릉.

방 밖으로 나온 지악천은 계속해서 들려오는 후포성의 검날을 가는 소리를 들으며 현청을 빠져나갔다.

"미야야양."

어느새 따라 나온 백촉이 지악천의 발치에서 존재감을 뽐냈다.

"그래. 일단 걷자."

그렇게 평소 도는 순찰로가 아닌 사람들이 많이 다니는 저잣거리를 중점적으로 걷기 시작했다.

'확실히 그놈들을 싹 다 잡아내니까 달라지긴 했네.'

암상에서 웃돈주거나 물건 값으로 원래 자리 잡고 있던 이들을 밀어내려고 했던 이들을 전부 다 잡아들인 덕분인지 사람들의 표정이 지악천이 형산으로 올라가기 전의 표정과 비슷했다. 물론 놈들에게 웃돈 주고 팔았던 이들이 다시 자릴 잡고 장사하는 것은 아니었지만, 그 빈자리는 다른 이들을 빠르게 채워가고 있었다.

그렇게 길을 걸어가는 중에 지악천의 양손과 백촉에 입에는 먹을거리가 하나둘씩 늘어나기 시작했다. 모두 저잣거리에서 암상의 상인들에게 몰리고 있던 이들이 건네준 것이었다. 딱히 비싼 것이 아니기에 성의 표시로 생각하기로 하면서 그것들을 먹으며 거릴 돌아다니니 백촉이 참 좋아하는 것 같았다.

평소에는 사람들 있는 곳으로는 잘 다니지 않기 때문인진 모르겠지만 오늘따라 유독 기분이 좋아 보이는 건 아마도 착각은 아닌 거 같았다. 그렇게 본의 아니게 어가생활을 즐기던 지악천의 기감에 강성중으로 느껴지는 기감이 잡혔다.

'빠르네. 슬슬 돌아갈까.'

돌아온 강성중을 만나기 위해서 걸음을 옮기려고 시선을 내려 백촉을 바라보는 순간 굵직한 고깃덩어리를 씹고 있는 모습이 묘하게 웃겨 보였다.

"픕!"

백촉의 입이 물론 작진 않지만, 고깃덩어리가 커서 그런지 조금은 버거워 보였다.

"가만히 있어 봐."

계속해서 씹으려고 노력 중인 고기를 빼냈다. 그리고 품에 있는 소도(小刀)로 굵직한 고깃덩어리를 반으로 갈라 백촉에게 던져줬다.

팁팁! 꿀꺽!

씹기 불편한 굵직했던 고기가 씹기 편해지자, 빠르게 입안으로 삼켰다.

"좀 씹고 넘기지 그랬냐."

지악천의 말에 백촉도 아쉬운지 연신 새하얀 입가에 묻은 피를 닦는 건지 빠는 건지 모를 정도로 연신 혀를 움직이고 있었다.

"그만하고 가자. 강 형. 만나야 하니까."

강성중을 만나러 간다는 지악천의 말에 백촉이 묘하게 뜸을 들였다.

"왜? 가기 싫어? 그러면 현청에 가 있을래?"

백촉이 한 바퀴 빙글 돌더니 빠르게 움직였다. 지악천이 가려던 방향의 반대인 현청이 있는 방향이었다. 그런 백촉의 모습에 지악천은 가벼운 미소를 지으며 강성중이 오고 있는 방향으로 몸을 날렸다. 빠르게 강성중이 오고 있는 방향에 맞춰 움직이기 시작한 지 얼마 되지 않아서 강성중과 마주할 수 있었다. 그곳은 형산의 남단이었다.

"강 형!"

강성중은 자신을 부르는 목소리에 주인공이 지악천인 걸 확인하고서 멈춰 섰다.

"내가 올 줄 알았어?"

"척하면 척이지. 기척을 숨기지도 않는 양반을 느끼지 못할 정도로 내가 바본가?"

"……."

'생각이 많아서 그런지 기본적인 걸 놓치고 있었다.'

강성중은 서둘러야 한다는 생각이 앞서기도 했지만, 자신이 부주의한 것은 명백한 사실이었다. 물론 그런 것도 없지 않지만, 지악천의 기감의 민감도가 예전보다 몇 배 이상 좋아진 게 가장 큰 이유라고 할 수 있었다.

"그래서 무림맹을 어때?"

"표면적으로는 거절."

"거절?"

강성중의 말에 지악천은 크게 실망한 듯한 표정은 아니었다.

"맞아. 거절. 군사께 보고하기 무섭게 거절하셨다."

"흐음……."

제갈군이 거절했다는 말에 지악천은 이유가 뭔지 떠올리려고 했지만, 이어지는 강성중의 말에 깨달을 수 있었다.

"이번 일은 오롯이 네 힘으로 해결하라고 하셨다. 그 사이에 생기는 공백은 알아서 채워질 거라고."

"공백은 알아서 채워진다고…? 흐응. 다른 얘긴 없었고?"

"함축적이긴 하지만 그게 다야. 무림맹과 조율하는 사이에 이야기가 샐 수도 있다는 말도 비슷하게 하셨지."

"무슨 말을 하고 싶은지는 대충 이해가 되긴 하네."

지악천의 말에 계속해서 머릴 굴리던 강성중이 반색했다.

"그래?"

"어. 내 힘으로 해결하라고 했잖아? 그게 화경에 오른 힘일 수도 있지만, 내 신분의 힘으로 해결하라고 할 수 있는 거잖아?"

"……아. 그렇네. 포두였지. 포두."

그것도 일반적인 수준의 포두가 아니었다. 중원에 단 하나밖에 없는 화경의 경지에 오른 포두였다. 관권과 힘을 다 발휘하면 무림에서의 분쟁이 아닌 방식으로 풀어낼 수 있을 것이 확실해 보였다.

"근데 그러려면 현령의 도움이 필요한데 어쩌려고?"

"이럴 줄은 몰랐는데 이미 허락은 받아놨지. 어차피 내가 실패하면 현령님도 힘들 테니까."

"아."

확실히 암상과 엮인 사건이 지악천 혼자가 아닌 현령도 곁다리쯤이긴 하지만, 분명 엮이긴 했다.

"이젠 둘 중 하나뿐이야. 누가 죽냐의 싸움이 되겠지."

"…결국 힘으로 싸우긴 하지만 그쪽에선 네가 포두로서 밀고 들어올 줄은 예상하지 못할 수도 있겠네."

확실히 지악천이 자연인이 아닌 관인의 신분으로 당당하게 쳐들어가는 것은 쉽게 생각하기 어려운 부분이라고 할 수 있었다. 그만큼 현재 지악천이 가진 힘은 포두라는 신분으로 감싸기에는 터무니없이 작았으니까.

"근데 강 형은 어쩔 거야?"

"아, 당연히 가야지."

당연하다는 듯한 강성중의 반응에 지악천의 목소리는 담담했다.

"뭐, 같이 가는 거에는 별로 나도 반대하진 않아. 하지만 일단 지켜보는 쪽으로 부탁할게."

"응? 왜?"

예상 밖의 말이라서 그런지 수긍하지 못했다.

"아니, 일단 말 그대로 내 힘으로 해보고 안 되겠다 싶으면 도와달라는 거지. 일종의 숨겨둔 한 수랄까? 그리고 실전 감각을 좀 더 다듬고 싶기도 하고."

생사를 가를 일에 실전 감각을 다듬겠다는 말에 강성중은 어이가 없긴 했지만, 이해가 아주 안 되는 것도 아니었다.

'이런 상황만큼 좋은 상황은 찾기 힘들긴 하겠지.'

"좋아. 그렇게 하지. 하지만 상황 판단을 할 수 있게 네 실력을 볼 수 있으면 더 좋겠는데?"

강성중의 말에 지악천이 크게 반색했다.

"그럴까?"

그 반응을 본 강성중은 지악천이 왜 저럴까 했다가 순간 자신이 무슨 말을 했는지 깨달았다.

"아. 자, 잠깐!"

재빨리 양손을 들어 거칠게 흔들면서 상황을 되돌리려고 했지만, 지악천의 태도는 변함없었다.

"흐흐. 안 돼. 안 물려 줄 거야. 지금 시간 많은데 지금 하자고. 인적도 없으니 자리는 만들면 되니까."

"아아."

이미 입꼬리까지 올라간 지악천의 얼굴을 본 강성중은 절망했다.

'내가 무슨 실수를!'

"자자. 가자고. 좀 더 한적한 곳으로 거기서 해볼 수 있는 건 다 해보자고."

말을 하면서 자릴 옮기는 지악천의 뒤를 강성중은 그대로 고개를 푹 숙인 채로 따라갈 수밖에 없었다. 다음 날 이전처럼 순찰을 함께 돈 지악천과 백촉은 각자의 아침 겸 점심을 먹기 위해서 객잔에 들렀다. 그리고 그곳에는 이미 어제 얘기가 됐다는 듯이 강성중이 기다리고 있었다.

"이쪽이다. 시간 맞춰서 시켜놨으니까 곧 나올 거다."

강성중의 말에 맞은편에 앉은 지악천은 강성중의 벌겋게 멍든 얼굴을 보고 고개를 돌려 입 밖으로 나오려는 웃음을 가까스로 참아냈다.

"크흡."

"야, 네가 한 거잖아! 하… 아니, 어혈이 이렇게 안 풀리는 것도 정말 오랜만이라고."

그 멍은 당연히 어제 지악천이 선물해준 것이었다. 나름 적정수준으로 쳤는데 저렇게 벌건 멍이 들었다.

"아니, 내가 때리긴 했지만, 난 그때 강 형이 달려들 거라곤 생각 못 했다니까."

본래 어제 강성중과의 대련을 지악천은 정말 가볍게 하려고 했는데 거세게 달려드는 강성중 때문에 그렇지 못했다. 그 증거가 바로 강성중에게 생긴 멍이었다. 어차피 지악천이 전력을 드러낸다고 해도 그것은 강성중이 판단을 내릴 수 있는 부류가 아니었기 때문이다. 만약 지악천이 정말 전력을 다했다면 시작부터 강기를 뽑아 들고 강성중에게 날려야 정상일 테니까.

"알아. 잘 아니까 더 뭐라 못하는 거지."

"크크. 근데 언제 출발할까?"

"당연하겠지만, 빠르면 빠를수록 좋겠지."

"그렇지? 그러면 오후까지 정리 끝낼 테니까 신시초(申時初)쯤에 지하에서 걔들 어떻게 할지 결정해도 되겠지?"

"아, 그렇네. 아직 걔들 살아 있었어?"

지악천의 말에 강성중은 잊었던 물건을 떠올렸다는 표정을 하며 말했다.

"어. 어차피 처음 정보를 불었던 갠 시간이 지나면 자연스럽게 풀릴 혈도 몇 개 짚어주고 풀어줄 생각이야."

"나머지 둘은?"

"당연히 살짝 고민되는 정도?"

살짝 고민된다는 말에 강성중은 둘의 미래를 듣지 않아도 알 수 있었다.

그렇게 약속했던 신시초가 되고 강성중이 먼저 와서 지악천을 기다리는 중이었다.

"먼저 왔네?"

"할 일이 없는 쪽에서 먼저 와야지."

"그럼, 다행이고."

"그래서 어떡할 거야?"

"일단 아까 말했던 애는 풀어줘야지. 물론 제약도 확실하게 해놓고 하지만 나머지 둘은……."

말끝을 흐리지만, 담긴 뜻은 확실했다.

"그래. 붙잡아둔 지 며칠 안 됐지만, 편하게 보내줄 생각인가 보네."

강성중의 말에 지악천은 아무것도 모르겠다는 표정으로 눈을 껌뻑거렸다.

"와… 독하네. 크크 알았어. 알았다고. 장난이야 장난. 내려가서 정리해야지."

그렇게 먼저 지하로 내려간 지악천은 바로 호위대 사내에게로 다가갔다.

"잘 들어. 내가 몇 가지 금제를 할 거야. 시간이 흐르면 자연스럽게 풀어지는 금제. 이해했나?"

"……."

"좋아. 그러면 잠깐 기다리고 있으라고. 저 둘부터 정리하고."

지악천의 입에서 흘러나오는 정리라는 말이 그에겐 더없이 섬뜩하게 들려왔다.

"좋아. 너희 둘은 자신이 살 수 있다고 생각하진 않았겠지? 너는 몰라도 동주평 넌 영주(永州) 현청에 관한 관련자니까. 살 수 있을 거란 생각은 하고 있진 않겠지."

영주 현청이라는 말에 동주평은 동요하진 않았는데 의외의 곳에서 반응을 보였다. 동주평의 옆에 있는 사내가 마혈이 점혈 된 상태에서 눈가가 살짝 떨리는 수준의 반응을 보인 것이다. 그리고 그것을 지악천은 놓치지 않았다.

"어쭈? 이것 봐라? 네가 가서 저지른 일이냐?"

사내의 아혈을 풀어내며 물었지만, 사내는 대답할 생각이 없다는 듯이 가만히 있었다. 어차피 자신이 살아나갈 수 없다는 걸 알기에 굳이 더 말을 하고 싶지 않았다.

"뭐, 말하지 않아도 상관없지. 이전에 말했지만, 어차피 암상이 관련됐다는 사실 자체는 명백한 사실이니까. 그리고 많이 늦긴 했지만, 그렇게 죽은 그들의 넋을 너희 둘의 목과 다른 암상 놈들의 목으로 위로해야지."

지악천도 새로운 사실이랍시고 정보를 얻어낼 필요성을 느끼지 못했다. 어차피 암상이랑 싸우기로 결정 내린 마당에 이 이상의 여파를 캐낸다고 달라질 것은 아무것도 없었다. 지악천이 사해전장을 칠 수 있는 명분은 동주평 하나로도 충분한 상황이었다. 남악을 장악하려고 했던 상인들의 물품과 자금의 출처는 자세히 뒤져보지 않아도 사해전장과 대룡상단일 것은 뻔하디뻔할 테니까.

"하여튼 명복은 빌어주진 못하지만, 저승에서 사이좋게 손잡고 놀 수 있는 놈들 많이 뒤이어 보내주마."

이미 동주평과 사내의 입에서 암상에 대해서 전반적인 정보를 모두 다 새겨뒀기에 지악천은 자신만만했다.

　"본래 아주 고통스럽게 죽이려고 했지만, 시간 관계상 쉽게 죽는 걸 다행으로 생각해라."

　지악천의 말에 아혈을 풀어줬던 사내가 말을 하려고 입을 벌려 목소리를 내려고 했지만, 이미 늦었다.

　퓨슈슉!

　지악천의 검지에서 연달아서 쏘아지는 지풍이 체념한 동주평과 급급한 표정의 사내의 이마를 그대로 뚫어버렸기 때문이다.

　"강 형. 미안하지만, 부탁 좀 할게."

　지악천의 말은 싸늘하게 식어가기 전에 시체를 남악의 밖에 버려달라는 말이었다. 강성중은 군말 없이 그들의 이마를 미리 준비해 놓은 무명천으로 묶은 후에 양손에 하나씩 들고 올라갔다. 그렇게 일말의 주저함 없이 그들을 죽이는 걸 두 눈으로 확인한 호위대 사내는 안색이 좋을 리가 없었다.

　"그렇게 겁먹을 필요는… 있긴 하네. 아무튼지 잘 봤지? 조용히 살아. 사고 치지 말고 아니면 이왕 사고 칠 거면 북방 가서 그러든지. 물론 금제가 풀린 다음에나 가능하겠지만. 금제에 대해서 다시 설명해줄까?"

　"……"

　"아. 아혈. 미안."

지악천은 자신의 말에 답하지 못하는 그의 모습에 자신이 아혈을 안 풀어줬다는 걸 인지하고 빠르게 풀어줬다.

　"아, 아닙니다."

　"뭐, 싫다면 어쩔 수 없는 거고. 아무튼, 단전은 딱 1년 내외. 그렇게 길다고 볼 수도 있겠지만, 아직 앞길이 창창하니 1년쯤은 사실 아무것도 아니잖아? 안 그래?"

　"……예."

　지악천의 물음에 마지못해 답을 했지만, 그 말대로 1년은 여생에 비하면 아무것도 아니었다. 특히 단전을 망가뜨리는 것도 아니고 단순히 금제만 하겠다는 거고, 그것도 1년 후쯤에 풀린다니까 더없이 좋았다.

　"아. 혹시 1년이 지나도 안 풀리면 찾아오라고. 풀어줄 테니."

　"……."

　지악천도 금제는 머릿속에만 있던 거고 사실상 처음 써보는 거라 일종의 시행착오가 있을 수 있었기에 사전에 말을 해두는 것이었다.

　"……예. 알겠습니다."

　"아, 그리고 오른손 약지(藥指)와 소지(小指)도 금제할 거다. 방식은 단전이랑 같을 거고. 이왕이면 엄지를 했으면 좋겠지만, 그러면 밥도 먹기 힘들 테니까. 검 잡을 때 불편한 정도로만 할 거다. 이해했지?"

　물론 엄지, 검지, 중지. 이 세 손가락만으로도 검을 잡

지악천　　128

을 순 있지만, 그건 약지와 소지가 없는 이들 중에 적응한 이들이나 가능한 이야기다. 손가락은 멀쩡하지만, 사용이 좀 불편한 수준이고 차후에 풀리니 굳이 무리하며 쓸데없는 짓 하지 말라는 뜻이었다.

뜻을 이해했는지 사내는 알겠다고 대답한 후에 지악천이 다시 그의 아혈을 점혈했다.

"고통이 있을지도 모르니까."

그 부분은 사내도 이해했다. 금제 중에선 고통을 수반한 것들이 무수히도 많으니까. 머릿속에 있는 지식기반으로 처음 시도하는 거지만, 긴장되거나 떨리진 않았다.

'임맥의 신궐(神闕), 음교(陰交), 한 푼. 기해(氣海)는 서 푼. 석문(石門), 관원(關元), 중극(中極)는 두 푼. 독맥의 척중(脊中), 현추(懸樞)는 한 푼. 명문(命門), 양관(陽關), 요수(腰□)에 서 푼.'

금제 방식 자체는 까다롭진 않지만, 힘을 얼마나 주냐에 따라서 혈 자리를 영원히 막아버릴 수도 있고 서서히 막힌 혈이 열리게 만들 수 있기에 심혈을 기울이지 않을 수가 없었다. 그렇게 머릿속에 있는 지식대로 단전을 금제한 후에 사내의 오른팔을 들어 약지와 소지를 쓰지 못하게 하기 위한 금제를 곧바로 시작했다. 단전과는 다르게 두 손가락만 막으면 됐기에 그리 어렵진 않았다.

오른손등 위에는 관충(關衝), 액문(液門), 중저(中渚)

과 손날에 자리한 소택(少澤), 전곡(前谷), 후계(後谿)까지만 각기 두 푼의 힘으로 점혈해주면 되는 일이었다. 그렇게 금제를 끝낸 지악천이 그의 마혈과 아혈을 풀어주며 말했다.

"어때?"

"어……?"

사내는 마혈이 풀리기 무섭게 오른손 약지와 소지를 움직이기 위해서 주먹을 쥐려고 했지만, 잘 되지 않았다.

약지와 소지가 약간씩 움직이긴 했다. 하지만 그것은 그의 의지가 아닌 관절에 의해서 자연스럽게 움직이는 정도지 움켜쥘 수는 없었다.

"오……."

그런 모습을 보던 지악천도 생각 이상으로 한 번에 해냈다는 생각에 작게 감탄사가 흘러나왔다.

'일단 실현 자체는 성공적인데 남은 문제는 제대로 될까?'

두 손가락의 움직임이 부자연스러운 것을 고려하면 충분히 단전에도 효과가 있다는 방증이지만, 이게 정확하게 1년을 유지할지 아니면 더 길어질지는 지켜봐야 했다.

"혹시나 정말 1년이 지난 후에도 풀리지 않는다면 찾아와. 아무런 조건 없이 풀어줄 테니까. 알겠지?"

지악천의 말에 사내는 당장 아무 말도 하지 못한 채로

고갤 끄덕일 수밖에 없었다. 여기서 그가 무슨 말을 할 수 있겠는가. 자신도 지악천도 1년 안에 풀릴지 모르는 상황이니까.

"자, 받아."

지악천은 품속에 따로 떼놓은 전낭 하나를 그의 손에 올렸다.

"적당하게 그 정도면 1년 넘게 살아도 충분할 정도니까. 챙겨가."

지악천이 올려준 전낭의 묵직한 느낌만으로도 그만큼 많이 넣었다는 걸 알 수 있었다. 그렇기에 그는 전낭을 품에 갈무리한 후에 밖으로 나갔다. 만약 그가 지악천의 재산이 얼마나 있는지 그가 알게 된다면 절대로 사내의 얼굴에서 저런 표정이 나올 수가 없었을 것이다.

그렇게 사내가 떠나고 일다경(一茶頃)이 지났을 때 강성중이 시체들을 처리하고 돌아왔다.

"내보냈어?"

"어. 금제가 생각보다 잘 먹히는 거 같더라고."

"그래? 근데 1년 내외로 풀리긴 하는 거야?"

그 말에 지악천은 가볍게 어깨를 으쓱했다.

"모르지. 풀리면 안 찾아올 거고 반대면 찾아오겠지."

"하하하."

그 말에 강성중은 허탈한 웃음을 흘렸다. 지악천의 말

에 강성중은 딱히 반박하진 못했다. 설사 금제가 풀리지 않아도 안 풀어주는 것도 아니고 풀어주겠다는데 무슨 말이 필요하겠는가.

"슬슬 갈까?"

지악천도 그 웃음에 담긴 의미를 알기에 빠르게 주제를 바꿨다. 사해전장의 본단이 있는 원릉(沅陵)은 지악천과 강성중에겐 그다지 먼 거리가 아니었다. 오히려 지악천에겐 신법 수련하기 딱 좋은 수준의 거리에 불과했다.

"강 형. 신법 수련할 겸 좀 빠르게 달릴 거니까 억지로 따라올 필요는 없어. 알겠지."

"……원릉이 어딘 줄은 알아?"

"에이. 날 너무 무시하네. 호남 바닥에… 아니, 아니지. 저쪽이잖아."

형산의 남단에 있던 지악천이 가리키는 방향은 정확히 북서에서 살짝 서쪽으로 치우친 방향이었기에 방향 자체는 틀리지 않았다.

"어차피 랭수강(冷水江)을 지나서 큰 관도와 연결된 곳이 원릉이니 찾는 건 어렵지 않아."

지리까지 확실하게 말하기에 강성중으로선 딱히 막을 방법이 없었다.

"만약 내가 널 쫓아가지 못하면 원릉의 초입에서 만나자."

그 말에 지악천은 알겠다는 듯이 고개를 끄덕이며 가

볍게 바닥을 차며 하늘로 솟구치듯이 올라갔다. 가볍게 바닥을 친 것치고는 솟구쳐 오르는 속도가 예사롭지 않았다. 적어도 그걸 두 눈으로 보고 있던 강성중은 그렇게 느꼈다.

'미치겠군.'

나름대로 신법과 경공에 자신이 있었는데 이젠 어디서 자랑도 못 할 것 같다는 걸 느낄 수밖에 없었다. 거기다 지악천은 신법 수련을 한다고 하니 지금보다 더 빨라진다는 말이기도 했다.

"후……."

가볍게 한숨을 내쉰 강성중도 이내 바닥을 차면서 지악천이 가는 방향으로 몸을 날렸다.

* * *

동주평이 죽기 몇 시진 전인 사시(巳時). 사해전장의 본점 중심에 자리한 전각의 내부에서 깨지고 부러지고 박살나는 소리가 끊임없이 흘러나오고 있었다. 그 소리를 만드는 주인공은 다름 아닌 동주평의 아버지이자, 암상의 주인으로 예상되는 이였다.

"으아아아!"

쾅! 콰직! 콰지직!

잡히는 대로 던지고 내려찍고 짓이기는 모습만 본다면 그는 평범한 사람은 아닌 게 확실해 보였다. 가구라는 것이 그렇게 쉽게 부서지거나 하지 않기에 그가 무공을 익혔다는 방증이기도 했다. 그가 이런 행동을 보이는 이유는 하나뿐이었다. 며칠 전에 남악에서의 사전 준비를 끝냈고 일을 벌이겠다고 했던 자신의 셋째아들인 동주평의 연락이 두절됐기 때문이었다.

 그것은 굳이 확인하지 않아도 뻔해 보였다. 실패했고 잡히거나 죽었다는 뜻이었으니까. 물론 그도 그곳이 위험한 자리라는 것은 알고 있었다. 하지만 이렇게 될 줄은 몰랐다. 셋째아들인 동주평에게 붙여놓은 이들의 무력은 결코 부족한 수준이 아니었다. 호남에 자리한 세력들을 기준으로 잡으면 딸려 보낸 무력으로 호남 전역을 점령한다고 남을 수준이었다. 물론 호남을 벗어나는 순간 아무것도 장담할 순 없겠지만.

 "후우… 후우……."

 그렇게 그의 주변에는 이미 더 부술 것은 아무것도 남아 있지 않았다. 그리고 그때를 맞춰서 한 사내가 들어왔다. 그는 징계동에 들어갔다던 암상의 상주인 그의 첫째 아들인 일 공자였다.

 "아버님."

 "후우…… 후우……."

 일 공자의 말에도 암상의 상주는 분기탱천한 기분이 아직 가라앉지 않은 모양이었다. 그렇게 잠깐 숨을 고르고 고르던 그가 감정을 추슬렀는지 아들을 바라봤다.

"네가 벌써 징계동에서 나올 때가 됐나?"

"예. 그제 나왔습니다."

"그래서 억울하더냐?"

"그럴 리가 있겠습니까. 제 부덕(不德)입니다."

"…알면 됐다. 그리고 셋째에게서 연락이 없는 걸 보니 실패한 모양이다."

"……."

그는 이미 이곳으로 오는 길에 보고를 받았기에 군말은 하지 않았다. 이런 사실을 징계동 들어가기 전에 알았다면 일 공자는 자신의 아버지인 암상의 상주의 결정을 말렸을 테니까.

"네 표정을 보아하니 예상했던 모양이구나."

"…예. 예상했었습니다. 그는 일반적인 포두와 다릅니다. 관직으로 따진다면 최소 어지간한 도독들보다 윗줄이라고 보셔야 할 겁니다."

도독보다 윗줄이라는 장남의 말에 그의 눈살이 구겨졌다.

"미칠 노릇이군. 하찮은 포두가 어지간한 도독(都督) 수준의 무력을 상회한다니……."

"믿기 어려우시겠지만, 사실입니다."

"…그래서 네 동생의 복수를 포기한 것이더냐?"

"아시다시피 당시에 저와 셋째가 보낸 이들이 전부 다 전멸했습니다. 그것만 가지고도 노력은 충분했다고 생각했습니다."

"그렇다고 해도 제갈세가가 끼어 있지 않더냐."

살짝 노기가 깃든 목소리에 그는 최대한 차분하게 말했다.

"그 후에 흑연을 통해서도 오히려 그가 제갈세가의 자식들과 대련을 즐긴다는 소식을 접하기도 했습니다."

"……."

상주는 미천하기 그지없는 포두가 제갈세가의 자식들과 대련을 즐긴다는 말을 믿을 수가 없었다. 하지만 그렇다고 믿지 않을 수가 없는 것이 계속해서 결과가 그렇게 나오고 있었다. 자신이 셋째인 동주평에게 딸려 보낸 전력은 앞서 장남과 셋째가 보냈던 이들과는 급이 다른 수준이었다. 그랬기에 더더욱 부정할 수 없었다.

부르르.

부정할 수 없다는 분함에 주먹을 쥔 손을 부르르 떨었다. 만약 주변에 멀쩡한 가구가 있었다면 그것을 내려쳤겠지만, 이미 다 박살나서 멀쩡한 것들이 하나도 없었다. 그렇기에 그는 부르르 떨리는 주먹을 꽉 쥔 채로 분노를 천천히 삭일 수밖에 없었다.

"그래서. 너는 어떻게 하고 싶은 거냐?"

"만일 늦지 않았다면 그자와 이쯤에서 정리하시는 걸 추천해 드립니다."

"…놈에게 막내를 잃고 셋째까지 잃었는데 여기서 포기하라고?"

"아버님. 결과적으로 처음부터 끝까지 다. 저희가 먼

지악천 136

저 시작한 일입니다."

그는 징계동에서 지내면서 많은 생각을 했던 모양이었다.

"빌어먹을."

입술을 씹으며 신음하듯 흘리는 모습을 보는 일 공자는 아들로서 기분이 좋을 수가 없었다. 그리고 그때 일 공자의 기감에 누군가가 빠르게 다가오는 기척을 느꼈다.

"아버님. 급보가 있는 모양입니다."

"음……."

이미 주위는 난장판이지만, 표정 관리는 해야 했다. 그러기 무섭게 전각 안으로 서둘러 들어오는 발걸음이 들려왔다.

"죄, 죄송합니다만, 급보입니다!"

"들어와라."

최대한 감정을 가다듬은 상주의 말에 문이 열리면서 서신을 들고 있는 사내가 안으로 들어섰다.

"내게 주고 가라."

이미 난장판이 된 중심에 서 있는 상주에게 다가갈 수 없기에 일 공자가 서신을 받아들었다. 그렇게 서신을 일 공자에게 건넨 후에 사내는 밖으로 나갔고 일 공자가 말했다.

"건네드리겠습니다."

"됐다. 네가 먼저 읽어봐라."

지악천 때문에 진절머리가 난 상태에서 다른 일까지 머릿속에 두고 싶은 마음은 없는 모양이었다.

그러한 그의 심정을 아는지 모르는지 서신을 읽던 일 공자의 표정이 심각해졌다.

"……아버님."

자신을 부르는 아들의 말에 고갤 돌려 보는 순간, 서신에 적힌 내용을 보지 않아도 알 수밖에 없었다.

"남악에 관한 일이 실패로 돌아갔다는 내용이더냐?"

"……예."

일 공자의 말에 입을 꾹 다문 상주가 고개를 들어 천장을 바라보다가 숙이기를 수차례 반복하다가 이내 입을 열었다.

"녀석은?"

"여기에 적혀 있는 대로 읽는다면 최악의 상황인 듯합니다. 그동안 잠잠하던 현청에서 한꺼번에 상인들을 덮쳤다고 합니다… 그래서 겨우 몸만 빠져나와 소식을 전한다고 쓰여 있습니다."

"……정말 최악이군."

"여기에 쓰여 있는 대로라면 전부 다 잡혔을 겁니다. 반항하는 자들은 당연히 죽음을 면치 못했을 겁니다."

"그곳에 잡힌 애들은 전부 대룡상단과 연관된 이들이니 만약 그들을 계속해서 조사하다 보면 결국 이쪽의 정체를 금방 알아내겠군."

감정을 다스렸는지 상주의 말은 담담해졌다. 마냥 짐

작이 아닌 실패했다는 소식을 접하니 오히려 감정이 차분해진 모양이었다.

"지악천과 제갈세가의 연이 깊다면 제갈세가에서 개방을 동원할지 모릅니다."

"네 말은 모든 관계를 끊고 수면 밑으로 들어가잔 말이로구나."

"맞습니다."

"하… 오랫동안 준비해왔는데 고작 포두 하나 때문에 모든 것이 어그러질 줄이야."

"죄송합니다."

그의 깊은 탄식에 일 공자는 허리를 숙였다.

"네가 죄송하게 뭐가 있겠더냐. 그저 내 불찰이겠지."

그 말과 함께 자신이 셋째를 윽박지르던 기억이 떠오르자, 그는 두 눈을 감았다.

하지만 그들은 예상하지 못했다. 동주평이 지악천의 손에 잡혀서 모든 것을 불어버렸다는 사실을. 그런 사실을 모르는 그들은 최대한 자신들이 암상이라는 사실을 숨기기 위한 작업에 착수했다.

* * *

한편 자신의 존재감을 숨길 생각이 없는 지악천은 전력을 다해서 무영비를 펼치며 속도를 올리고 있었다.

콱!

드높은 나무의 나뭇가지를 밟을 때마다 수십 장씩 나아가는 지악천의 모습은 마치 허깨비 같았다. 그것 또한 이제까지 쌓인 여러 경공의 흔적들이기도 하지만, 무영비(無影飛)의 본질이기도 했다. 이동하는 순간에도 바닥에는 지악천의 그림자가 드리워질 시간조차 없을 정도로 빠르게 앞으로 나아가기 때문이었다.

그렇게 무영비가 완숙의 경지에 닿는 순간 전력으로 펼쳐지는 지악천의 신형을 쫓을 수 있는 이들은 중원 전역을 뒤져도 몇 명 없을 것이 분명했다. 물론 이러한 사실은 지악천 역시 잘 인지하고 있었다. 하지만 단점이라면 아직 익숙하지 않아서 그런지 내공의 소모가 생각 이상으로 크다는 부분이었다.

'좀 힘들다 싶으면 섬전영(閃電影)으로도 충분하니 그건 그때 가서 생각하지 뭐.'

생각은 그렇게 해도 지악천의 내공은 전혀 변함이 없었다. 자력으로 복구되는 내공의 양이 무영비로 소모되는 내공의 양보다 많다는 뜻이었다. 그렇게 한참을 이동하던 지악천의 눈에 랭수강이 모습을 드러내기 시작했다.

티이잉! 투웅. 퉁. 퉁.

용천혈에 내공을 밀어 넣으면서 날아오른 지악천이 강물을 향해서 떨어져 내렸지만, 강물에 빠지지 않고 오히려 등평도수(登萍渡水)를 펼치며 강물을 밟으면서 앞으로 나가기 시작했다. 랭수강에서 원릉까지는 대략 300리가 조금 넘는 거리였다. 물론 관도를 따라서가 아닌 지금처럼 직선거리로 달렸을 때의 기준이었다.

그렇게 등평도수로 통통 튕기며 물 위를 달리던 지악천의 발이 어느새 육지를 밟고 달리기 시작했다. 랭수강의 물줄기를 따라서 움직인다면 원릉으로 가는 길이 더 멀어지기 때문이었다. 이제 원릉까지 가는 길은 대부분 평지에 가까웠기에 발걸음이 점점 가벼워졌다. 그렇게 멀리 달려온 것은 아니었지만 한 번쯤 확인할 때가 됐기에 눈을 살짝 감았다가 뜨면서 떠오르는 글귀를 읽었다.

[성명: 지악천(池樂天) 별호: 묘(猫)포두, 악귀, 대(大)포두

소속: 남악현청 직책: 포두(捕頭)

무공수위: 화경 내공: 250년

보유 무공

심법: 천원무극단공(天元無極丹功) 6성

검법: 천하오절(天河五絶) 7성

권법: 무형류(無形流) 7성

보법: 환영신보(幻影神步) 6성

신법: 무영비(無影飛) 5성

음공: 육합전성(六合傳聲)

환골탈태(換骨奪胎)

반박귀진(返朴歸眞)]

'오! 무영비가 1성이나 올랐네. 등평도수 때문인가?'
무영비의 성취가 오를 만한 이유는 많았기에 거기서 더 파고들진 않았다. 그렇게 원릉의 외곽에 도착한 시간은 고작 반 시진이 조금 넘는 정도에 불과했다.
서서히 해가 저물기 시작할 때였다.
'늦네.'
아무래도 속도를 포함한 여러 가지 면에서 강성중이 지악천보다 느릴 수밖에 없었다. 그렇게 두각이 지났을 때 강성중이 멀리서 오고 있는 것을 기감을 통해서 느낄 수 있었다.
'흠… 오늘 저녁은 쉬어야겠네.'
지악천의 입장에선 지금 바로 쳐들어가고 싶기도 했지만, 아무래도 살짝 지친 기색이 보이는 강성중을 위해서 오늘 밤은 쉬어야겠다고 생각했다.
탁.
그렇게 생각을 정리할 때 높은 언덕에 서 있는 지악천을 발견한 강성중이 뛰어올랐다.
"어후… 지친다 지쳐. 무림맹에서 남악으로 다시 원릉이라니."
말은 그렇게 해도 아직 여유가 있었다.
"일단 저녁이나 먹고 쉬고 내일 아침에 하자고. 관인으로서 나서려면 일단 우선적인 일 처리가 필요하니까."

"그래? 의외네? 바로 시작할 줄 알았는데."

"뭐, 그냥 그렇게 하자고."

강성중이 지쳐 보인다고 말하긴 좀 그랬기에 대충 얼버무렸다. 그렇게 잘 먹고 잘 쉰 저녁이 지나가고 묘시에 눈을 뜬 지악천이 옷을 갈아입고서 객잔을 나서기 위해서 움직이려고 할 때 강성중의 전음이 들려왔다.

―원릉 현청으로 가는 거야?

―어. 그래야지. 관인으로서 행동하려면 절차가 있으니까. 그리고 절차상으로 내가 사해전장을 털어도 현령은 못 막지. 막는다면 난 안찰사님을 찾아갈 거니까.

―……인맥 하난 무섭네.

―어차피 사해전장에 받은 돈이 적지 않을 거야. 가볍게 거래를 해야겠지.

―뇌물이라도 받았다면 눈감아 준다고 하려고?

―솔직히 암상 처리하는데 그 정도는 얼마든지 해줄수 있지.

―그래. 일단 난 사해전장을 지켜보고 있을게.

―어. 고생해.

그렇게 간단하게 대화를 끝내고 지악천은 바로 현청으로 향했다. 아침 시간이라 그런지 양민들이 하나둘씩 밖으로 나오기 시작했다. 양민들이 밖으로 나오면서 지악천을 바라보는 시선의 수는 조금씩 늘어나기 시작했다.

원릉에는 지악천처럼 생긴 포두가 없기 때문이었다.

그리고 보통 타 관할 포두가 오는 일이 극히 없었기 때문이기도 했다. 그래도 포두복을 입고 있기에 다들 조용히 수군거릴 뿐 말을 걸고 그러진 않았다. 그렇게 원치 않은 시선을 받으며 원릉의 현청의 앞에 섰다.

"추우웅?"

현청 앞에 서니 앞에 관졸들이 복장만 보고 경례를 했지만, 이내 지악천의 얼굴을 봤는지 의문스러운 표정으로 금세 변했다.

"남악 현청에서 온 포두 지악천이라고 한다. 원릉을 담당하시는 포두님을 뵙고자 한다고 전해라."

"예? 예, 옛!"

그런 그들에게 포두를 증명하는 호패를 보여주며 말하자, 관졸이 빠르게 안으로 들어갔다. 곧 안으로 들어갔던 관졸이 거칠게 숨을 내쉬며 도로 나왔다. 들어갈 때까지만 해도 쥐고 있던 창은 어디다 내팽개쳤는지 손에 들고 있지도 않은 상태로 지악천을 보며 안쪽으로 손가락으로 가리켰다.

"헉! 헉! 아, 안으로! 허억! 들어… 오, 오시랍니다."

그런 그를 보며 지악천은 눈살을 찌푸렸지만, 굳이 지적하진 않았다.

'훈련이 형편없네. 산적도 별로 없으니 대충대충 시간만 보내는 건가?'

모든 현청이 남악 현청과 같은 순 없지만, 정도라는 게 있는데 생각 이상보다 문제가 있어 보였다. 특히 훈

지악천

144

련 관련으로 많이 부족해 보였다. 평소에 얼마나 훈련을 하지 않거나 게을리 했는지 딱 보이는 수준이기에.

'쩝, 내 관할이 아니니 뭐라 할 수도 없고 쯧.'

그렇게 헉헉거리는 관졸을 지나 현청의 안으로 들어선 지악천의 감상은 하나였다.

'미쳤군.'

분명 이곳은 현청인데 모르는 사람이 보면 고관대작의 장원인 줄 착각할 정도로 화려한 느낌을 주었다. 물론 그것은 수많은 현청을 기준으로 봤을 때라고 할 수 있었다.

'현령이 직접 이렇게 개보수하진 않았을 것은 분명하고… 뇌물인가?'

물론 이것을 두고 현령이 뇌물을 받았다고 볼 수 있을지는 좀 두고 볼 일이었지만, 딱 봐도 문제가 있어 보이는 것은 사실이었다.

"커험!"

걸어가면서 현청 내부를 둘러보는 지악천에게 다가오는 이가 크게 헛기침을 했다. 이미 그가 다가오고 있다는 사실은 알고 있었고 딱히 적의를 드러내지 않기에 신경 쓰지 않았다.

"포두 황두길입니다. 저를 찾으셨다고요?"

"예. 남악 현청의 포두. 지악천이라고 합니다."

지악천이 자신의 이름을 말하는 순간 자신을 황두길이라고 말했던 포두의 낯빛이 달라졌다. 황두길은 지악천이라는 이름을 그의 입으로 직접 듣고서 머리가 빠르게 움직였다.

'분명 일전에 소문을 들었는데 아! 그 제형안찰사사에서 포상을 받았… 헙!'

지악천이 누군지 깨달은 황두길의 몸이 저절로 낮춰졌다. 전형적인 소인배 같은 모습이었다.

"아! 그분이시군요! 매음굴과 암암리에 이뤄지던 소금 유통을 잡아냈으며 수많은 이들을 죽였던 살인귀를 잡으셨다는!"

마지막에 제형안찰사사에 대한 말은 꺼내지 않고 숨긴 황두길의 말에 지악천은 가볍게 사람 좋은 미소를 지으며 고개를 끄덕였다.

"이런, 그런 이야기가 이곳까지 퍼진 모양입니다."

"아이고! 당연합죠! 누가 그런 일을 쉽게 해내겠습니까? 그런 일을 해내시니 대포두라는 위명까지 달렸지 않습니까! 이렇게 대단한 분을 이렇게 뵙게 될 줄은 이 황 모. 정말 몰랐습니다."

말을 하는 내내 굽실굽실하는 그의 모습은 대단히 자연스럽게 보일 정도였다.

'도대체 평소에 얼마나 굽실거렸으면 저렇게 자연스럽지?'

"한데… 어쩐 일로 저희 현청을?"

자기 나름대로 한껏 띄워놨다고 생각했는지 황두길이 바로 본론으로 들어갔다. 지악천은 그저 가볍게 맞춰

줬다.

"일이 있어서 왔습니다. 어떤 놈이 남악에서 패악질을 부리다가 잡았는데 그놈의 본거지가 이곳이라고 하기에 직접 확인하기 위해서 왔습니다. 만약 놈의 말대로라면 놈들을 일망타진해서 전부 잡아가려고 합니다."

물론 모든 것을 있는 사실 그대로 얘기하지 않고 마치 하오배로 비유해서 말하니 황두길은 지악천의 기분을 맞추려는 건지 자신도 화가 났다는 듯한 표정을 하며 말했다.

"아니! 그런 개망나니 놈들이 있었습니까? 감히 겁도 없이?! 아니, 그러시면 그냥 놈들을 잡아가시지 굳이 현청까지 오셔서……."

대충 조용히 잡아서 돌아갈 것이지 굳이 왜 현청에 왔냐는 말에 지악천은 가볍게 미소를 지으며 답했다.

"응당 제 관할이 아닌 곳에 와서 일하려고 하는데 말은 해야 하지 않겠습니까. 저희 현령님께서 원릉의 현령님에게 협조를 부탁한다는 전서도 써주셨기에 얼굴은 비춰야 하니까 이렇게 왔습니다."

"아이고! 윗분들이 시키면 해야죠! 네네. 맞습니다!"

마치 황두길이 듣기에는 현령이 시켜서 자신도 어쩔 수 없었다는 것처럼 들렸는지 연신 지악천의 기분을 맞춰주려 하고 있었다.

"일단 황 포두님을 봤으니 원릉 현령님. 얼굴이라도

봐야 하니, 기별 넣어주시겠습니까?"

"아이고! 그럼요! 제가 후딱 갔다 오겠습니다!"

"……."

평상시 얼마나 달리지 않았으면 허둥지둥 달려가는 그의 모습에 지악천은 할 말을 잃었다.

'돌아오기 이전의 나도 저 정도까진 아니었다.'

애써 마음의 안식을 찾는 지악천이었다. 잠시 후 허둥지둥 사라졌던 황두길이 똑같이 허둥지둥 거리며 나타났다.

"오시랍니다. 지악천 포두님."

"하하, 편하게 지 포두라고 부르시면 됩니다. 황 포두님."

"아이고! 어찌 저 같은 놈이 지악천 포두님이 막 부르겠습니까? 저는 괜찮습니다."

정말 몸에 버릇처럼 보일 정도로 굽실거리는 태도를 보면서 지악천으로서는 속으로 한숨이 나올 정도였다. 그런 지악천의 표정을 못 본 황두길은 그저 현령에게로 안내하기 위해 걸어갈 뿐이었다.

"여깁니다. 들어가시면 됩니다."

'미쳤네. 진짜 미쳤어.'

앞서 봤던 화려하게 꾸며진 전각보단 좀 작지만 화려하게 꾸며진 전각이 모습을 드러냈다.

"자자."

황두길은 연신 안으로 들어가라는 듯이 흔드는 팔을

보면서 안으로 들어갔다.

'안이나 밖이나 화려하긴 마찬가지네.'

"같이 들어가실 겁니까?"

"어휴! 아닙니다. 전 기다릴 테니 얘기 나누시죠."

그 말에 지악천은 한 치의 망설임 없이 안으로 들어갔다. 기감으로 이미 내부에 있는 사람은 한 명뿐이라는 걸 확인한 지악천은 바로 닫힌 문을 두드렸다.

"들어오시게."

중후한 저음인 목소리가 듣기 좋게 들리는 게 아니고 살짝 거슬리는 느낌이 강했다. 목소리에 대해서 길게 생각하지 않고 그대로 문을 열고 들어간 지악천이 마주한 것은 살짝 덥수룩한 수염으로 하관을 덮고 있었지만, 불타오르는 듯한 눈을 가진 현령이었다.

"남악 현청의 지악천 포두라고 합니다."

"난 경당철이라 하네. 그럼, 앉겠나? 서 있겠나?"

"서 있겠습니다."

"음. 그러면 현령이 보냈다는 서신부터."

경당철의 말에 지악천은 그를 바라보면서 천천히 걸음을 옮겨 그가 앉아 있는 앞에 있는 책상 위에 서신을 놓았다. 그렇게 놓인 서신을 펼쳐 읽기 시작한 경당철의 얼굴이 시시각각 변하기 시작했다. 그 변화는 짜증과 분노가 대부분이었다.

"……미쳤나?"

서신을 읽은 후 경당철이 내뱉은 첫 말이었다. 하지만

이미 이곳에 오면서 예상했기에 지악천의 표정은 변화
는 없었다.

"그럴 리가 있겠습니까. 현령님께서 듣는 귀가 있다
면 이미 제가 암상의 관계자를 잡아서 도지휘사사에 넘
겼지만, 흐지부지됐다는 걸 아시리리 생각합니다."

"모르지 않지. 그래서? 그것과 사해전장이 무슨 관계
라고."

본래 알고 있다는 소리는 쉽게 나와선 안 되는 말이었
는데도 쉽게 내뱉은 것만 봐도 경당철의 생각이 그리
깊지 않다는 것을 알 수 있었다.

'쉽게 갈 수 있겠네.'

"왜 관계가 없겠습니까. 사해전장이 암상의 허물이니
그렇지요."

"……."

"이미 알고 계셨습니까? 하긴, 이만한 현청은 제형안
찰사사에서도 본 적이 없었습니다. 그리고 아십니까?
제가 남악의 포두로 임명되기 전에 감찰로 관졸을 제외
한 모든 이들이 잘려나갔다는 걸."

"……협박인가?"

"감히 협박을 저같이 하찮은 포두가 하겠습니까. 황
포두가 현령님에게 뭐라고 말했습니까?"

"황 포두의 말로는 자네가 하오배들을 직접 잡으러 왔
다고 했지."

황두길 포두가 제대로 전했다는 건 이미 귀를 열어두

고 있었기에 알고 있었기에 그가 딴소리하는지 확인 차 물어봤다.

"바로 그렇습니다. 전 사해전장이라는 허울을 뒤집어쓴 암상이라는 이름의 하오배를 잡으러 왔을 뿐입니다."

말 자체는 틀리지 않았다. 다만, 듣는 이에 따라선 불쾌한 말장난이었다.

"나랑 말장난하려고 이러는 건 아닐 텐데?"

"설마 제가 그러겠습니까. 진심입니다. 그리고 정말 만약에. 정말 만약에. 사해전장과 원릉에 있는 이들과 유착관계가 있다 한들 불문(不問)으로 하겠습니다."

"거절한다면?"

"어쩔 수 없지요. 현청을 나가는 즉시 사해전장을 치는 수밖에 없지 않겠습니까?"

그 말에 경당철의 눈이 살짝 좁아졌다.

"…자네 홀로? 다른 이들이 같이 왔다는 보고는 못 받았는데?"

경당철의 말에 지악천은 입가에 가벼운 미소를 지었다.

"불가능할 것 같습니까? 제가 그들을 이기지 못할 것 같다면 현령님은 그냥 모르쇠로 일관하시면 됩니다. 하지만 허가를 내준 상태로 모르쇠로 일관하셔야 하고 허가하지 않는다면 전 증거를 찾아내 제형안찰사사로 가져가겠지요."

"후⋯⋯."

경당철이 뭘 선택하든 사해전장을 칠거라는 말이니 사실상 선택지는 존재하지 않았다.

"좋네. 하지만 하나만 확실하게 보여준다면 자네 말대로 하지. 힌. 그들을 치리힐 힘을 보여줄 수 있겠나?"

이것은 경당철이 선택할 수 있는 마지막 수단이었다. 힘이 없으면 사해전장을 누를 수 없다. 아무리 그곳이 전장이라곤 하지만, 이곳은 사해전장의 본단이 있는 곳이고 그 안에는 수많은 식객(食客)이 자리 잡고 있으니까.

'어차피 뇌물을 받지 않았다고 주장하기에는 무리겠지.'

경당철은 자신이 깨끗하다고 주장하고 싶은 마음은 없었다. 자신이 생각해도 현청을 보기만 해도 티가 나도 심하게 날 테니까. 물론 받은 뇌물 대다수는 현청을 개보수하는 방식으로 쓰긴 했지만, 어찌 됐건 뇌물은 뇌물일 뿐이다. 그런 상황에서 경당철이 선택할 수 있는 것은 결국 힘이었다.

지악천의 말대로 한다는 가정으로는 어떤 일이 벌어져도 자신은 손해 볼 일이 없다는 말은 틀리지 않았다. 하지만 만약 끝내 자신이 지악천의 요구를 거절하고 사해전장을 무너뜨린다면 자신이 입을 피해는 상상하기도 싫어지니까 말이다.

"흠, 증명이라… 저 뒤에 있는 촛대로 증명해도 되겠습니까?"

"촛대?"

지악천의 말에 경당철이 고개를 돌려 자신의 뒤쪽에 있는 촛대를 확인했다.

"동으로 만들어진 촛대 같은데 저 촛대를 제가 손날로 잘라내겠습니다. 그러면 충분하겠습니까?"

"……."

지악천의 말에 경당철은 순간 그가 자신을 상대로 장난치는 것이 아닐까 싶은 생각까지 들었다. 지악천의 지목한 촛대는 대략 손가락 3개를 뭉쳐놓은 두께보다 두꺼웠기 때문이었다. 현령으로 원릉에 오래 있긴 했지만, 무공에 그리 밝지 않기에 촛대를 잘라낸다는 말에 긴가민가했다. 그렇다고 해서 밖에 있는 황두길에 물어볼 수도 없는 노릇이고 오롯이 자신이 선택해야 했다. 그렇게 장고 끝에 답을 내놓기 위해서 경당철이 입을 열었다.

"좋네. 하지만 한 번이 아닌 삼등분을 해보게나."

경당철은 자신의 앞에 의기양양하게 서 있는 지악천의 모습에 나름대로 지금 당장 이 자리에서 보여줄 수 있는 가장 현실적인 선택을 할 수밖에 없었다.

"좋습니다."

하지만 그런 고심 끝에 내린 결정에 지악천의 답은 한없이 빨랐다. 어차피 안도 지악천이 낸 제안이었고 거

기에 다른 걸 추가한다고 한들 그것을 넘어서지 못할
지악천이 아니었다.

"……."

자신의 역제안에 일말의 고민도 없이 승낙하는 모습
에 살짝 긴장감이 오르기 시작했다.

'설마 진짜 잘라내는 건 아니겠지?'

경당철은 긴가민가하면서도 자리에서 일어나 자신의
뒤쪽에 놓인 촛대를 집어왔다.

툭.

촛대의 무게를 간접적으로 보여주는 듯이 가볍게 놓
았지만, 소리가 예사롭지 않았다.

"허투루 만든 것은 아니라네. 지금이라도 돌릴 수 있
고 조용히 돌아간다면 이 일은 없던 일로 하겠네."

경당철은 내심 지악천이 도전하지 않길 바랐다. 결
과적으로 사해전장이 암상이라는 사실을 모르고 뇌물
을 받긴 했다. 그리고 웃기게 들릴진 모르겠지만, 경당
철은 아직은 관인이라는 자존심까지 버린 것은 아니었
다.

"이렇게까지 했는데 물릴 순 없지 않습니까. 이제 지
켜보시면 됩니다."

말을 하는 지악천의 입가에 살며시 떠오르는 미소를
보며 경당철은 불안감을 느꼈지만, 제지할 수 없었다.

뚜벅뚜벅.

'설마 그럴 리가…….'

지악천 154

천천히 걸어오는 지악천의 첫인상은 분명 평범한 포두처럼 느꼈는데 점점 다가올수록 마치 큰 거인이 다가오는 압박감이 느껴지기 시작했다.

"시작하겠습니다."

"그, 그러게나."

"알겠습니다. 일단 제 손날 말고는 아무것도 없다는 걸 확인시켜드리겠습니다. 원하시면 직접 만져서 확인하셔도 됩니다."

"아니네. 설사… 아닐세. 그냥 하시게."

손날에 검날이 붙어 있다고 해도 힘들다는 말을 하려다가 그냥 손을 흔들었다.

굳게 닫혀 있던 문이 열리며 지악천이 빠져나오자, 밖에서 기다리고 있던 황두길이 빠르게 따라붙었다.

"헤헤. 지 포두님. 얘기는 잘 되셨습니까?"

그런 황두길의 물음에 지악천은 가벼운 미소를 지을 뿐이었다. 한편 지악천이 떠난 방 안에 남은 경당철의 눈과 표정은 아직도 믿을 수 없다는 모습이었다. 그리고 그런 그의 앞에는 4조각으로 나눠진 촛대만이 덩그러니 남아 있었다.

'미쳤어… 손날과 손가락이라니.'

경당철은 자신의 앞에서 보여준 지악천의 신기에 가까운 모습을 다시금 회상했다.

지악천은 경당철의 앞에 놓인 촛대를 향해서 손날을 천천히 움직였다.

스윽.

천천히 움직이던 손날이 촛대와 만나기 직전 경당철의 눈으로 절대 바라올 수 없는 속도로 움직였다. 경당철의 눈엔 어느새 지악천의 손날이 촛대를 통과한 것처럼 보였지만, 뒤이어 자신의 눈을 의심하게 만드는 소리가 이어졌다.

스르륵. 쿵!

촛대의 끝부분에서 두 치 아래에 잘려나간 듯한 균열이 생겨나더니 균열이 생긴 윗부분이 미끄러지듯이 책상 위로 떨어지면서 조용한 공간에 큰 울림을 만들어냈다.

"……."

"마저 하겠습니다."

살짝 놀란 경당철의 감정을 수습할 시간도 주지 않겠다는 듯이 지악천은 이미 소지와 약지를 접어 검지와 중지만 뻗은 상태였다. 이미 놀란 감정을 추스르지도 못한 경당철은 그런 지악천을 말리지도 못하고 그대로 그의 손이 움직이는 것만 지켜봐야 했다.

슥.

스륵. 텅! 쿵.

검지와 중지만으로 촛대를 잘라내자 경당철의 눈동자가 크게 요동치기 시작했다. 머릿속으로 지금 벌어지고 있는 상황을 인식하지 못하고 있었다.

'내가 지금 꿈을 꾸고 있는 건가? 어떻게 사람이… 이럴 수가 있지?'

경당철은 무(武)에 관심이 없는 사람이었기에 그 동요는 커질 수밖에 없었다. 이제 마지막 한 번만 더 잘라내면 자신은 지악천의 제안을 수락할 수밖에 없는 처지로 몰릴 상황이었다. 그리고 지악천은 이제 중지마저 접었다. 소지, 약지, 중지까지 접고 남은 검지만 외롭게 남아 있었다.

"이제 마지막입니다."

자신만만함이 가득 담긴 목소리를 듣자, 경당철은 아직도 추스르지 못한 감정들을 그냥 놔버리고 지악천의 손가락이 움직이는 것만 바라봤다.

샥!

분명 손가락을 빠르게 움직였을 뿐인데 마치 검날이 베는 듯한 소리가 선명하게 경당철의 귓가를 때렸다. 하지만 이번엔 촛대에서 아무런 움직임을 보여주지 않고 있었다.

'실패했나? 아니, 무조건 실패했겠지!'

생각하면서도 그래도 혹시나 하는 마음에 지악천의 표정까지 바라봤지만, 변함없었다. 지악천의 표정을 확인한 경당철이 자리에서 일어나 촛대의 아랫부분을 잡는 순간 균열이 보이기 시작했다.

덜그럭. 퉁!

"……!"

경당철이 촛대를 잡자 지금까지 비스듬하게 잘렸던 것과 다르게 일자로 깔끔하게 잘린 절단면이 그를 맞이하면서 잘린 윗부분이 흔들림을 이겨내지 못하고 떨어져 내렸다. 그렇게 떨어진 촛대였던 덩어리들을 집어 들은 경당철이 절단면들을 확인하기 시작했다. 본인이 쥐고 있는 촛대의 절단면부터 확인했다.

'매끈해.'

딱 봐도 절단면은 너무나도 매끄러웠다. 마치 처음부터 그렇게 생겼다는 듯이.

"충분히 증명이 됐다고 봐도 되셨습니까?"

"…약조한 대로 군말하지 않겠네. 자네가 이곳에서 하는 일은 전부 묵인(默認)하겠네."

"감사합니다. 그럼. 당분간 보신(保身) 잘하시길."

경당철의 눈이 일순간 흔들렸지만, 말 속에 담긴 의도는 정확히 읽어냈다. 보신 잘하라는 말은 당분간 주변에 몸이 좋지 않다고 하라는 말을 돌려서 한 것이다.

"유념하지. 자네도 자네가 원하는 걸 얻어가길 바라네."

지악천은 경당철이 자신의 말을 잘 알아들었다는 것을 짐작할 수 있었고 그대로 허리를 숙였다가 밖으로 나갔다.

지악천은 황두길의 안내를 받으며 다시 현청 밖으로

지악천   158

향했다. 밖으로 나가는 내내 황두길은 뭐가 그리 궁금한지 연신 지악천에게 질문했지만, 필요 이상의 말은 하지 않았다. 그렇게 무의미한 대화를 주고받으며 입구까지 닿자, 지악천은 황두길을 바라보며 말했다.

"나중에 기회가 있으면 다시 뵈면 좋겠네요."

뼈 있는 말이었지만 황두길은 알아듣지 못했는지 그저 좋다고 허릴 숙이며 굽실거릴 뿐이었다.

"아이고! 다시 뵈면 저야 좋죠! 아무튼, 하시고자 하는 일 잘 풀리시길."

"최대한 조용하게 처리할 수 있도록 노력하겠습니다."

"아이고! 그러시면 저야말로 감사합니다."

계속해서 쓸데없는 이야기를 나누며 헤어졌다. 그렇게 멀어지는 지악천의 뒷모습을 바라보던 황두길이 서둘러 현령의 집무실을 향해서 달려갔다.

"현령님. 황 포두입니다."

"……들어오시게."

평소랑 다르게 힘이 빠진 목소리라는 걸 깨달은 황두길이 최대한 그의 비위를 거스르지 않으려는 듯 움츠린 상태로 안으로 들어갔다.

"혹시 어떤 얘기를 나누셨는지 물어도 됩니까?"

"별거 아니었네. 가벼운 사담이니 신경 쓰지 말게나."

현령이 자신에게 거짓말을 하지 않을 거라는 생각 때

문인지 황두길은 슬며시 미소를 지었다.

"아, 예. 그러면 지악천 포두가 혹시나 사고 칠 수 있으니 지켜보고 있을까요?"

지켜본다는 황두길의 말에 경당철이 살짝 움찔거렸다. 앞서 지익천이 한 말을 떠올린 탓이었다.

"아니. 그가 뭘 하든 신경 쓰지 말고 내버려 두게. 아, 그리고 성문 검문과 외곽 순찰하는 이들을 제외한 모든 이들을 불러들이게."

"예? 그게 무슨?"

"내가 굳이 같은 말을 두 번 말해야겠나?"

놀란 황두길의 모습에 경당철의 눈매가 가늘어지면서 목소리에 노기가 섞였다.

"아, 아닙니다. 바로 소집하겠습니다."

"다 불러들이면 말하게."

금세 노기를 띠던 목소리도 다시금 가라앉았다. 황두길은 연신 이상하다는 느낌을 받았음에도 경당철을 상대로 물어볼 수가 없었다. 그렇다면 남은 사람은 지악천인데 아까 전의 대화만으로 그가 자신에게 벽을 치고 있다는 걸 모를 정도로 바보는 아니었다.

한편 원릉 현청을 나선 지악천은 일단 저잣거리를 거닐면서 주변을 훑어보기 시작했다.

'확실히 남악보단 활기차네. 큰돈이 왔다 갔다 하는 전장의 본단이 있어서 그런가?'

짧은 감상을 느끼고 있을 때 강성중의 전음이 귀에 울렸다.

―볼일은 다 끝난 건가?

―어. 일단 현령에게 돌려 말하긴 했는데 말을 들을지 안 들을지는 그의 선택이고 나는 받은 만큼 돌려주면 그만이야.

―오…… 윗사람인데?

―그래도 내 직속상관은 아니니까. 그리고 딱 꼴을 보니 자신이 착복하진 않았던 뇌물 받은 티가 너무 나더라고.

―뭐, 내 기준으로는 남악이 이상한 거다.

강성중은 수많은 관인이 크고 작은 뇌물을 받는 걸 많이 봐왔기에 살짝 시큰둥했다.

―그거야, 우리 쪽은 폭풍이 한번 쓸어간 상태였으니까. 그리고 굳이 받을 필요가 있나 싶을 정도잖아.

―그건 또 그렇네?

―솔직히 무의미한 논쟁이기도 해. 나도 솔직히 그렇게 깨끗하게 살진 않았고.

본의 아니게 고해성사를 하는 지악천의 말에 강성중은 고개를 갸웃거렸다.

―그게 그렇게 되나?

―강 형은 자신의 삶에 한 점의 부끄러움이 없다고 생각해? 대충 그런 거와 비슷해. 사람이 도덕적으로 완벽할 순 없잖아. 그냥 그나마 저 사람보다 조금 낫다는 것

정도일 뿐이지. 애초에 내가 깨끗하다고 말하는 사람일수록 뒤가 더러운 법이야.

—묘하게 불경에서나 나올 만한 말이네.

—아. 그게 그렇게 되나?

가볍게 이런저런 이야기를 하면서 걷다 보니 어느새 지악천이 한참이나 올려다봐야 보일 정도로 높은 곳에 걸려 있는 사해전장의 현판이 있는 거리까지 다다를 수 있었다.

'진짜 여기 현청도 그렇고 사해전장도 그렇고 둘 다 가관이네.'

물론 사해전장이야 이렇게 외적으로 보여주는 위압감이 있어야 할 위치에 있는 전장이기에 그럴 수밖에 없다는 것은 알고 있었다.

—바로 시작할 거야?

—그래야지. 시간은 내 편이 아닐 테니까.

이미 사해전장의 앞에 도착하기 전부터 먼 곳에서 기감을 퍼트려 감지하고 있었지만, 내부는 아주 바쁘게 움직이고 있었기에 시간이 없다고 판단했다.

—하긴, 네가 그 녀석을 잡아드린 시간이 많이 흐른 편이니 이미 빠질 준비를 하고 있을 수도 있겠지.

—하지만 그 말은 가장 좋은 시점은 지금이라는 뜻이기도 하지.

본래 항상 가장 부산스러운 시간이 정리가 가장 안 된 시점이라고 할 수 있었다. 굳게 닫힌 사해전장의 입구는 안이 바빠서 그런지 밖을 지키는 이들이 자릴 비운 상태였다.

스르릉.

아주 자연스럽게 무왕의 검을 뽑아 들었지만, 천하오절(天河五絶)까지 펼칠 필요가 없었다. 그냥 가볍게 검기를 일으켜 사선으로 좌우로 한 번씩만 움직이면 되기에 아주 쉬운 일이었다. 검을 쥔 지악천의 팔이 사선을 그리며 좌우로 한 번씩 움직였다.

후에 검을 다시 집어넣고 가볍게 목을 움직이자, 사해전장의 큰 정문에 균열이 일어나면서 흔들리기 시작했다.

끼익! 끼리릭!

문을 고정하는 걸쇠와 경첩까지 잘려나간 탓인지 이내 눈살을 찌푸릴 만한 소리를 내며 무거운 무게를 지탱할 힘이 부족해서 무너지기 시작했다.

쿠쿠쿠쿵! 쾅!

문이 갑자기 무너져 내리자, 저잣거리를 바쁘게 움직이는 이들과 사해전장의 안쪽에서 연신 바쁘게 움직이는 이들까지 멈춰 섰다. 바깥쪽 안쪽에 있는 이들 전부 다 지금의 상황을 눈으로는 봐놓고도 머리로는 이해하지 못하고 있었다. 하지만 그나마 정신 차리고 있는 이들이 사해전장 내부에 있었는지 소란이 일어난 정문으로 속속들이 모습을 드러내기 시작했다.

—강 형. 사해전장 뒤쪽을 지켜보고 있으면 좋겠는데.

—그래. 그렇게 하마.

　여전히 객잔에서 지켜보고 있던 강성중이 일순간 객
잔에서 사라졌다. 계속해서 무인 보이는 이들의 수가
늘어나는 모습에 지악천은 미소를 지었다.

　두둑. 두두둑.

　가볍게 손가락을 주무르며 지악천이 소리쳤다.

　"자!!! 지금부터! 사해전장의 부총관인 동주평이 저
지른 범죄를 조사하기 위해서 사해전장의 본단을 수색
할 테니 방해하지 말기 바랍니다! 본 포두의 앞을 가로
막거나 조사를 방해할 시 일어나는 일에 어떠한 책임도
지지 않습니다."

　쩌렁쩌렁하게 울리는 지악천의 목소리에 주변의 시선
이 쏠리기 시작했다. 거기다가 사해전장의 내부에 있
던 이들은 그제야 지악천의 복장이 포두라는 걸 보곤
경계심을 드러내기 시작했다. 반대로 사해전장의 밖인
저잣거리 쪽에 있던 이들은 무슨 소란인지 궁금했는지
오히려 하나둘씩 그 수가 늘어나기 시작했다.

　그렇게 수많은 시선을 받으며 지악천이 사해전장의
문턱을 넘어 안으로 들어섰다. 그 순간 한 사내가 지악
천의 앞을 가로막았다. 지악천의 앞을 가로막은 사내
는 6척을 조금 넘는 신장의 지악천보다 최소 2척쯤은
더 커 보이는 거인 같은 사내였다.

　"어허! 어디 포두 따위가 감히 사해전장을 우롱하는
것이냐?"

"감히? 웃기는 소리 하고 있네. 그리고 귀가 막혔나?"

애초에 분명 가로막지 말라는 데도 꼭 가로막는 사람은 어디를 가나 하나둘쯤은 있는 법이었다.

콰지직! 쿠웅!

"크아악!"

지악천은 자신의 앞을 가로막은 거인의 오른쪽 다리의 무릎을 말 그대로 걷어찼다. 현재 이 자리에 있는 누구도 인지하지 못할 정도의 속도로 정확하게 차인 탓에 무릎뼈가 박살나고 그대로 뒤로 쓰러져 처절하게 비명을 질러대기 시작했다.

사해전장 내부에서 지악천과 거인을 보고 있던 이들은 갑자기 거인이 쓰러지자 언제 부러진 뼈로 인해 찢어질지 모를 정도로 흔들거리는 다리를 보며 일순간 얼음이 된 듯이 굳어버렸다. 그들은 거인이 사해전장의 본단에서 머무는 식객이라는 사실을 잘 알고 있었기 때문이다.

그것도 나름대로 힘 좀 쓴다고 으스대는 인간이었기에 더더욱 이런 일이 벌어지자 머릿속이 하얗게 변했다.

"꼭 말을 하면 안 들어 처먹네. 거기 너."

지악천은 자신과 가장 가까이에 있는 한 사람을 지목했다.

"부총관 집무실 어디에 있지?"

"저, 저기 내원에⋯⋯."

"내원? 좋아."

지목한 사내에게 원하는 답을 얻어낸 지악천이 다시 걸음을 옮겨 아직도 처절함이 담긴 목소리를 내뱉고 있는 거인에게 다가갔다.

"크아아아아! 내, 내 다리가!!!"

"시끄러워 죽겠네. 왜 턱까지 박살내줄까?!"

계속해서 비명을 질러대던 거인은 지악천의 서슬 퍼런 눈과 말에 최대한 입을 다물고 꺽꺽거리기 시작했다. 그런 거인의 모습에 만족스럽다는 듯이 지악천이 고개를 끄덕이며 다시 걸음을 옮기려다가 멈춰 섰다.

"아, 하나만 더 묻지. 외원은 그냥 일만 하들만 있는 건가? 보통 내원과 외원으로 나뉜다면 외총관 하나쯤은 있지 않나?"

지악천의 말에 다들 합죽이라도 됐는지 입을 다물고 있었다.

"왜? 몰라? 그러면 누구 하나가 말할 때까지 계속 심문이라도 해야 하나? 딱 애처럼 말이야."

지악천은 대놓고 실망감을 감추지 않으며 손가락으로 입을 다문 채로 끅끅거리는 거인을 가리키며 다시 말했다.

"보통 말이야. 조사에 거부하거나 방해한다는 말에는 침묵도 들어 있는 법이야."

지악천이 사해전장의 입구에 다다랐을 시각에 사해전장에는 일 공자가 진두지휘하면서 사해전장과 암상의 연계점을 정리해나가는 중이었다. 물론 그 과정에서 커진 몸집을 줄이는 과정 역시 같이 진행 중이었다.

"서둘러라. 한가롭게 있을 시간이 아니다."

일 공자 그 역시 빠르게 장부들을 확인하면서 빠르게 분류에 집중하고 있었다. 다른 이들이 일을 잘하고 있는 확인할 시간에 자신이 한 장이라도 더 확인하는 게 더 낫다는 판단이었다. 그리고 그가 그렇게 장부를 빠르게 훑고 있는 사이에 다른 이가 안으로 들어왔다.

"외곽에 있는 이들에게 보고가 들어왔습니다. 아직까진 별다른 동향은 없다고는 하는데 현청에서 뭔가 문제가 생긴 듯합니다."

"그래서 문제가 뭔데?"

"아직까진 나온 말은 없습니다. 물론 단순 소집령일 수도 있지만, 상황이 상황이니."

"그래. 별거 아닐 수도 있지만, 좋지 않은 전조현상일 수도 있겠지. 그러면 그쪽에 줄 대놨던 놈에게 계속 기별을 넣어봐."

"예. 그렇게 준비하겠습니다."

사내는 이미 일 공자가 그렇게 말할 거라 예상해서 이미 명령을 내려놓은 상태였지만, 굳이 티를 내지 않았다.

쿠쿠쿠쿵! 쾅!

그렇게 사내가 물러나려고 하는 순간 지악천이 무너
뜨린 커다란 정문이 무너지는 소리가 그들이 있는 곳까
지 울려왔다.

'설마?!'

갑작스러운 상황에 일 공자는 최악의 상황부터 상정
했다.

'놈이 쳐들어왔다!'

"모두 전부 챙겨서 빠져나가라. 정문 말고 쪽문으로
서둘러라!"

갑작스러운 상황에 일 공자의 빠른 지시에 이 자리에
있는 모두가 서둘러 보자기에 너나 할 것 없이 수많은
장부를 마구잡이로 올려 싸기 시작했다.

"목숨 걸고 지켜라. 그것 불가능하다 싶으면 가지고
있는 화섭자를 이용해서 다 태워버려라. 적의 손에 들
어가는 것보단 없애버리는 것이 좋으니."

그렇게 지시하는 사이에 이번에는 고통이 가득 담긴
거인의 괴성에 가까운 비명이 일 공자가 있는 곳까지
울려 퍼지기 시작했다. 물론 단순히 비명으로만 듣지
않은 일 공자는 연신 서책을 싸고 있는 이들을 보며 입
술을 깨물었다. 무수한 장부를 챙기려면 시간이 턱없
이 부족했다.

'빌어먹을.'

마음 같아선 몸을 빼고 싶지만, 자신이 소리 소문 없
이 빠져나간다면 사해전장의 모든 것을 잃어버릴 수 있

다는 생각 때문에 그는 하지 말아야 할 결정을 내렸다.

"일단 내가 가서 무슨 일인지 확인해볼 테니 너희들은 최대한 많이 챙겨서 빠져나가도록."

일 공자의 말에도 그들은 대답이 대신 계속해서 서책을 챙기는 것으로 대신했다.

"후우……."

그렇게 방을 빠져 나온 일 공자는 크게 한숨을 내쉬면서 최대한 불안한 감정을 붙잡으며 소리가 나는 쪽으로 향했다.

같은 시각.

지악천은 결국 원하는 답을 얻어낸 채로 외총관이 있다는 전각으로 당당하게 주변의 당혹스러워하는 시선에 관심 없다는 듯이 걸음을 옮기고 있었다. 그때 위에서 덥수룩한 수염을 가진 현령과는 다르게 미염(美髥)을 자랑하는 듯한 하관을 가진 이가 지악천의 앞을 가로막았다.

"보아하니, 포두 같은데 어찌하여 상계를 어지럽히는가?"

"어지럽혀? 그러는 당신은 뭔데 관에서 행하는 일을 방해하지? 사해전장의 주인이라도 되나? 요즘은 개나 소나 막 관에서 일하는 데 방해하고 그러나 보네?"

지악천이 처음 본 이에게 말을 세게 하는 이유는 별거 없었다. 앞서 거인이 지악천의 앞을 가로막을 때부터

이 미염의 중년인이 지켜보고 있다는 사실을 알고 있었기 때문이었다.

"듣자하니 부총관이 일을 벌였다가 자네의 손에 잡힌 모양인데 좋게 해결하는 게 좋지 않겠나? 이곳은 중원에서 다섯 손가락에 들어가는 사해전장이니."

그의 말에 지악천은 비릿한 미소를 지었다.

"아하. 개소리하는 개였구나? 내가 누구냐고 물어보지 않았나? 진짜 개였을 줄이야. 개가 사람 말을 하면 쓰나. 짖어야지. 짖게 만들어 줄까?"

지악천의 말에 미염의 중년인도 참을 수 없다는 듯이 얼굴이 붉게 달아올랐다.

"이놈! 네…… 꾸엑! 컥!"

퍼억!

지악천은 더 들을 필요도 없다는 듯이 1장 떨어진 거리에 있던 그와의 거리를 단박에 줄이면서 그의 명치에 그대로 주먹을 찔러 넣었다. 그렇게 꼬꾸라지는 그를 보며 지악천이 나직하게 말했다.

"그러니까. 개는 짖어야 한다니까. 멀리서 눈치만 보고 있다가 만만해 보이니까 뛰어나와?"

자신의 명치를 감싼 중년인의 입에서 흘러나오는 토사물이 미염에 덕지덕지 엉겨 붙으면서 엉망이 돼버렸다. 명치를 감싸고 있는 중년인은 이 순간에도 자신에게 무슨 일이 벌어진 지 전혀 이해하지 못하고 있었다. 단지 지악천의 신형이 흐릿해지는 순간 자신의 명치에

쑥 파고 들어오는 지악천의 주먹에 대한 감촉만은 선명하게 남아 있을 뿐이었다.

"컥! 컥!"

거의 숨이 멎을 듯한 충격이 그의 머릿속을 지배하는 동시에 그의 경험이 이상 신호를 보내고 있었다. 하지만 그 이상 신호는 늦어도 너무 늦었다. 이미 그는 바닥을 짚고 멎을 듯한 숨을 억지로 내쉬기 위해서 헛구역질까지 하고 있었으니까. 그런 중년인의 모습을 지악천은 그저 내려다볼 뿐 아무것도 하지 않고 있다가 주변에 있는 이들을 바라봤다. 이미 주변에 있는 이들의 대부분은 짐꾼이고 대충 이류나 일류로 보이는 이들은 경비를 맡는 수준으로 보였다.

한편으로 헛구역질을 하는 중년인과 비슷하게 절정에서 초절정 사이로 보이는 이들이 숨어서 이 광경을 지켜보고 있다는 걸 인지하고 있었다. 그렇게 숨어서 지켜보는 이들 역시 지악천이 언제 어떻게 중년인의 명치를 가격했는지 제대로 본 이는 없었다.

하지만 한 가지는 확실해 보였다. 지금 그들이 보고 있는 지악천은 자신들이 상대할 수 있는 수준의 사람이 아니라는 것. 오롯이 그것만 머릿속을 잠식하기 시작했다.

그리고 그들은 어떻게 해야 지악천의 눈에 띄지 않고 조용히 빠져나갈 수 있을지 고민했다.

"위풍당당하게 나와서 멋진 모습을 보이려고 했나 본

데 어림도 없지. 그리고 현장처분으로 가자고. 현청까지 끌고 갈 시간은 없으니까."

중년인이 아직도 컥컥거리며 숨 고르는 순간에 지악천의 말이 귓가에 울렸지만, 당장 그가 할 수 있는 일은 없었다.

'설마.'

이런 생각을 하면서 지악천이 무방비한 자신을 상대로 손을 쓰진 않을 것으로 생각했다.

콰드득.

중년인이 무슨 생각을 하든지 관심 없다는 듯이 지악천은 중년인의 발목을 향해서 그대로 발을 들어 찍었다.

"크아아아악!"

계속해서 컥컥거리던 숨과 목소리가 한 번에 트일 정도로 중년인의 발목이 박살나버렸다. 거인에 이어서 미염의 중년인까지 아무것도 못 하고 무력하게 무너지자, 지켜보던 이들의 마음에 불안감이 싹트기 시작했다.

그런 마음의 동요를 느낀 지악천이 가볍게 읊조리듯이 말했다.

"뭐, 사해전장과 직접적 관계자만 처벌하거나 조사할 거니까 아닌 사람들은 지금 나가든가."

그 말에 너 나 할 것 없이 들고 있던 짐을 내려놓고 나가려고 하는 순간 지악천의 말이 이어졌다.

"단! 지금 나간 이들 중에 앞서 말한 직접적 관계자가 있다면 둘보다 더 심한 꼴이 될 수 있다는 걸 인지하고."

단호한 목소리가 주변에 퍼지자, 주변에 있던 대부분은 빠져나갔다. 하지만 몇몇은 그 자리에 그대로 있었다. 사해전장 특정 관계자에게 줄을 대거나 관리급으로 일했던 이들일 확률이 높아 보였다.

"어차피 아니라고 해도 오늘 당장 댁들이 원릉을 빠져나갈 수 있는 것도 아니지만 말이야."

지악천은 원릉의 현령인 경당철이 기본적인 인지능력과 수완이 있다면 이미 나갈 수 있는 성문을 봉쇄했을 것으로 예상했다.

'아니어도 상관없긴 하겠지만.'

지악천은 아래에서 고통을 호소하듯이 소리를 지르는 중년인의 턱을 걷어차면서 그를 기절시키는 동시에 조용하게 만들고 남아 있는 이들을 훑어봤다.

"줄 대려고 했던 사람이 있으면 가고 아니면 남고."

무공을 익히지 않은 것으로 보이는 이들은 빠르게 자리를 떠났다. 그렇게 되니 남은 이들은 숨어 있는 이들까지 포함해서 10명도 안 된 상태였다. 그리고 그 순간 내원이라고 했던 안쪽에서 누군가가 움직이는 것을 확인했다.

'오호… 최소 강 형이랑 비슷하겠는데?'

지악천의 기감에 걸린 것은 다름 아닌 일 공자였다.

일 공자는 밖의 상황을 직접 보기 위해서 최대한 빠르게 움직였기에 지악천의 기감에 여과 없이 걸릴 수밖에 없었다. 이래서 습관이 무서운 것이었다. 일반적인 장소였다면 최대한 기척을 죽이는 게 상책인데 이렇게 움직이니까 말이다.

하지만 지악천은 일 공자의 이름만 알지 다른 건 하나도 모르는 상황이었다. 대충 죽은 동주평과 형제니까 비슷하게 생겼을 거라 막연하게 생각할 뿐이었다. 그러한 일 공자의 기척을 가볍게 무시하며 외총관의 전각이 있는 방향으로 그저 걷기 시작했다.

이미 외총관이 있다는 전각에 인기척이 없다는 건 위치를 확인하자마자 인지하고 있었다. 그런데도 이렇게 하는 것은 어디까지나 보여주기 식이었다.

일은 커지면 커질수록 감출 수 없는 법이었으니까.

"안에 있으면 나와라. 셋 센다."

"하나… 둘… 셋."

외총관의 전각에 아무도 없다는 걸 알기에 별다른 기미도 주지 않고 빠르게 말하며 바로 전각의 기둥을 찼다.

그 발로 차는 방향이 바깥이 아닌 전각의 안쪽으로 밀어 차듯이 차버렸다.

콰지직! 콰르르릉!

중심축인 기둥이 그대로 전각으로 쓰러지면서 연쇄반응으로 나머지 기둥들도 힘을 잃고 안으로 밀려들어간 기둥을 따라서 쓰러지기 시작하자, 전각이 허무하게 무너졌다. 그렇게 외총관의 전각이 무너지기 무섭게 숨어서 지켜보던 이들이 하나둘씩 도망치는 걸 느낄 수 있었다. 그리고 아까 왔던 일 공자는 여전히 지켜보는 듯했다.

"아아. 뭘 숨기고 있는 걸까?"

대놓고 크게 말하면서 사실상 홀로 지켜보는 셈인 일 공자를 자극했다.

한편 그러는 와중에도 일 공자는 처음엔 지악천을 알아보지 못했다. 지악천의 얼굴을 단 한 번도 본 적이 없었기 때문이었다. 용모파기로 접하긴 했지만, 화경과 반박귀진에 오르면서 지악천의 이목구비가 좀 더 부드럽고 매끄러워진 것 때문에 단순히 용모파기만으로 단박에 알아보기가 힘들었다.

그리고 만약 지악천이 온다면 개인의 신분으로 쳐들어오리라 생각했었다. 사해전장과 대룡상단의 규모를 생각하면 '포두'의 신분으로 싸우기는 힘들기 때문이었다. 그러니 갑자기 눈에 띄는 포두복을 입은 이가 쳐들어와서 저러니, 안 그래도 정신없이 바빴기 때문에 더 혼란스러울 수밖에 없었다.

하지만 어쩌겠는가. 포두의 신분으로 현령까지 사실상 협박한 지악천인데 말이다. 결국 일 공자가 할 수 있는 일은 단 하나뿐이었다. 지악천의 앞에 서는 것뿐이었다.

탁.

무너진 전각의 앞에 서 있는 지악천의 뒤에 일 공자가 내려왔다. 그리고 바로 지악천이 돌아서면서 얼굴을 마주한 일 공자의 눈이 가늘어졌다.

"……지, 지악천?"

좀 떨어진 곳에서 볼 때는 그냥 비슷하게 생긴 사람일 수도 있다고만 막연하게 생각했지만, 지척에서 마주하니 용모파기에 있던 이목구비가 눈에 제대로 들어온 모양이었다.

"오. 그러면 네가 암상의 일 공자라고 불리는 동후령. 맞나?"

"……."

많이 알려지지 않은 자신의 이름까지 말하자 일 공자인 동후령은 입을 닫았다.

"하긴, 네가 동후령이든 아니든 상관은 없겠지. 어차피 사해전장은 오늘부로 사라질 테니까."

지악천의 말 그대로였다. 이 자리에서 동후령이 무슨 짓을 해도 지악천을 막을 수 있는 수단이 없었다. 특히나 방금 전 전각의 기둥을 박살내는 힘을 보이는 순간에도 지악천은 극히 평범하게 보였으니까. 오랫동안 무공을 수련한 동후령은 믿기지 않지만, 믿을 수밖에 없는 상황을 마주한 것이었다.

"반박귀진(返朴歸眞)…? 화경(化境)?"

"오. 보는 눈은 그래도 좀 있네. 거의 초절정의 끝자락이라서 그런가?"

순순히 인정하는 지악천의 행동에 동후령은 놀라움에 말을 더듬거렸다.

"어, 어떻게……?"

떠듬거리는 동후령의 표정은 경악을 넘어선 그 무언가였다. 사실 누구나 그럴 만한 상황이긴 했다. 지악천과 암상이 부딪힌 건 대략 1년 전쯤이었다. 그 후로 미친 듯이 노력을 했다지만, 노력으로 화경에 닿는다면 누구나 화경에 올라서야 했으니까. 하지만 지악천에겐 현 무림에서 누구도 가지고 있지 않은 최고의 기연을 가지고 있는 사람이었기에 가능했다. 말 그대로 당사자인 지악천에게는 최고 기연이지만, 그런 그를 보는 다른 이들에게는 사실상 사기라고 봐도 무방할 정도였기 때문이다.

사실상 무지렁이 수준에서 화경까지 대략 3, 4년 만에 이뤄낸 셈이니 어찌 사기가 아니라고 할 수 있겠는가.

"그러니 이렇게 자신 있게 홀로 왔겠지."

오는 거야 둘이서 왔지만, 일은 혼자 벌인 거니 마냥 거짓이라고 할 순 없었다. 물론 동후령에게 진실을 말해줄 필요가 없는 건 당연하기도 하고. 동후령은 화경의 경지에 올라선 지악천을 상대로 싸우는 것은 이미 무의미하다는 걸 인정할 수밖에 없었다. 거기다 상황이 자신의 예상 밖으로 흘러나가도 너무 나가버렸다는 것 또한 인정해야 했다. 하지만 그렇다고 마냥 포기하고 있을 순 없었다. 자신의 아버지에게 알리지 못할 상황이지만, 그쪽에서도 어느 정도 준비를 하고 있을 것이 분명하니 시간을 벌어주고자 마음먹었다.

'얼마나 버틸 수 있을진 모르지만… 어떻게든.'

초절정의 끝자락에 있어도 그것을 화경과 비교한다는 것은 손으로 하늘을 가리는 행위였다.

그것은 자기 자신을 기만하는 것이나 마찬가지였다.

"후……."

숨을 길게 내뱉으며 죽음으로 버틸 각오를 하자, 아까까지만 해도 제어하지 못하던 감정과 마음이 이상하리만치 차분해졌다.

"오……."

그런 동후령의 모습에 지악천은 감탄했다.

'자신이 죽을 거라는 사실을 아니까 오히려 차분해졌네.'

지악천의 기억 속엔 그런 이들이 종종 있었다. 극악한 범죄든 억울한 누명이든 결과적으로 죽음을 목전에 둔 몇몇 이들이 지금 지악천의 앞에 있는 동후령과 같은 초연한 표정을 짓는 경우가 종종 있었다. 그리고 동후령처럼 초연한 이들은 유독 온갖 형벌을 받음에도 꿋꿋하게 버티기 일쑤였다.

'아무리 꿋꿋하게 버틴다 한들 중국에는 죽음을 피해 가진 못하지만.'

스르릉.

허리춤에 달린 검집에서 검을 뽑아 든 동후령이 지악천을 향해서 땅을 박차며 달려들었다. 지악천과 동후령의 거리는 그리 가깝지도 멀지도 않은 거리였지만, 충분히 기습에 준하는 공격을 할 수 있는 거리긴 했다. 물론 그 기습에 준하는 방식이 검을 뽑으면서라면 이미 늦은 셈이었지만.

투웅!

지악천은 자신을 향해서 달려들며 찔러 들어오는 동후령의 검을 피해서 몸을 틀어낸 후 그의 검면을 내공이 실린 손가락으로 튕겨내듯이 때렸다. 그 튕겨낸 충격이 작지 않은지 검은 놓치지 않았지만, 동후령의 팔이 크게 흔들리며 팔이 뒤로 밀려났다. 물론 그 충격으로 달려들던 동후령의 몸도 강제로 멈출 수밖에 없었다.

그렇게 기동력을 상실한 동후령이 다시 몸을 날리기도 전에 그를 향해서 지악천이 가볍게, 정말 가볍게 장력을 방출했다.

'단박에 처리할까 했지만, 이왕이면 제대로 된 실전을 경험해봐야겠지. 어디서 이만한 상대를 또 찾을 수 있을지 장담할 수 없으니까.'

동후령의 경지가 생각보다 높기에 호기심이 동했다. 자신의 실력이 화경이라는 것을 알고만 있을 뿐 어디서 제대로 써보질 못했으니까.

쾅!!! 콰지직!

그렇게 지악천이 나름대로 가볍게 방출한 장력을 피해내지 못하고 막아낸 동후령의 신형이 충격을 버텨내지 못하고 그대로 뒤로 외원과 내원을 갈라놓는 벽을 뚫고 나가떨어졌다.

두둑, 두둑.

지악천은 가볍게 목을 흔들며 동후령이 뚫고 나간 구멍이 아닌 멀쩡한 문으로 넘어갔다.

"멋지네."

외부에서 보던 것보다 안에서 보니 정말 말 그대로 휘황찬란했다. 여러 전각들이 지어진 형태가 현청과 유사한 모습인 것을 보니 사해전장에서 손을 썼다는 것을 확실히 알 수 있었다.

'돈 지랄은 돈 지랄이네.'

그렇게 가볍게 주변을 훑어본 후에 동후령이 나가떨어져 있을 만한 곳으로 다시 걸음을 옮기기 시작했다.

"오. 빨리 일어섰네."

지악천은 동후령이 쓰러져서 아직 몸을 일으키지도 못했을 것으로 생각했는데 멀쩡히 일어서 있는 모습을 보고 말 그대로 순수하게 감탄했다. 물론 그 감탄이 동후령의 입장에선 어떻게 들릴지는 모르겠지만.

까드득.

이를 가는 걸 보니 좋게 들리진 않은 모양이었다. 하지만 동후령이 아무리 이를 갈든 말든 지악천에겐 아무것도 아닌 것을.

피잉! 퍽!

지악천이 가볍게 오른손 검지를 동후령을 향해서 가리키는 순간 파공성이 울림과 동시에 그의 어깨에서 마치 북 터지는 소리가 울렸다.

"크아아악!"

북 터지는 소리가 울리기 무섭게 동후령의 입에서도 괴성이 튀어나왔다. 동후령은 정말 어깻죽지가 터져나간 듯한 통증이었기에 입에서 튀어나오는 괴성을 참을 수가 없었다. 통증의 시발점인 어깨를 잡았지만, 말 그대로 통증만 있고 어깨뼈는 멀쩡했다. 하지만 그 통증은 뼛속에서 올라오는 것처럼 느껴질 정도였다. 마치 통증이 뼈에 새겨진 느낌이었다.

"뭘 이 정도로 엄살이야?"

사실 지악천은 자신이 펼치는 공격을 당해보지 않았기에 그저 엄살이라고 생각했다. 물론 후포성이나 강성중을 상대할 때보다 내공을 약간 더 쓰긴 했지만, 저정도로 엄살을 피울 수준은 아니라고 봤다.

'절정인 후포성도 견뎠는데 윗줄에 있는 놈이 이 정도로 엄살을 피워?'

지악천으로선 괘씸하게 보일 수밖에 없었다. 하지만 실상은 후포성은 말 그대로 초인적인 수준의 맷집으로 버텨낸 것뿐이었다. 지악천이 본격적으로 지공을 쓰기 전부터 지독하리만치 많은 대련을 해왔기에 버틸 수 있었다.

그 사실을 인지하지 못하는 지악천은 당연히 동후령이 자신을 속이려고 아픈 척 연기를 한다고 생각할 수밖에 없었다.

"끄아아악!"

하지만 그런 지악천의 생각을 아는지 모르는지 당장 통증에 악을 쓰는 동후령에겐 보이는 게 없었다. 그 역시 이러한 통증을 처음 느끼는 것이었으니까. 어찌 보면 견뎌내지 못하는 것이 당연했다. 동후령이 언제 어디서 이런 통증을 느껴봤는가.

나름대로 일반적인 무림세가의 자녀들처럼 자라왔기에 그저 무공에만 집중했을 테니 이런 충격을 정신적으로 이겨내는 데 오래 걸릴 듯 보였다. 하지만 의외로 생각보다 빠르게 어깨에서 손을 떼고 있었다. 물론 괴성을 질러댄 터라 가슴이 살짝 들썩거릴 정도로 숨을 쉬고 있긴 했지만, 생각 이상으로 회복이 빨랐다.

'기대해볼 만하겠는데?'

아까까지만 해도 실망감으로 차 있던 동후령을 바라보는 지악천의 시선이 다시금 약간의 흥미를 띠기 시작했다. 지악천을 마치 태워죽일 듯이 이글거리는 눈으로 바라보는 동후령의 눈빛만큼은 대단했다.

휘릭.

동후령은 쥐고 있던 검을 역수로 잡고 지악천이 이제까지 단 한 번도 본 적이 없는 자세를 취하며 달려들었다.

"죽어버려!!!"

동후령이 소리를 지르며 달려들었다. 역수로 잡은 검을 상대하는 건 지악천이 아니더라도 그리 어렵지 않았다.

어떻게 본다면 검을 역수로 잡는다는 건 그리 효율적인 행위가 아니라고 지악천은 생각했다.

'에이, 저렇게 해서 뭘 하려고? 반경도 좁아지고 운용의 폭도 좁아질 텐데?'

지악천의 생각대로 동후령의 검은 일반적인 길이의 검이기에 역수로 잡고 쓰기에는 좋지 않았다. 역수로 잡은 검을 쓰려면 최소한 지금 동후령이 쓰는 검보단 짧아야 정상적인 운용이 가능했기 때문이다. 거기다 역수검법 대부분은 방어에 중점을 둔 검법이 많았다. 물론 그런 부분까지 지악천이 알 리가 만무하겠지만, 근 1년 동안 이론과 실전으로 경험했던 모든 것들이 자연스럽게 녹아들어 직감적으로 파악할 수 있었다.

'만약 딱히 노림수가 없다면 오히려 실망스럽기 그지없군.'

멍청한 수를 보이는 상대에게 칭찬해줄 정도로 지악천은 착한 사람이 아니었다. 그렇게 지악천과 동후령의 거리가 1장까지 좁혀질 때 7성에 달한 무형류(無形流)가 터져 나왔다. 무왕과 수련할 때 더 많은 성취를 올리지 못해 못내 아쉬운 무형류가 강기를 머금진 않았지만, 달려들고 있는 동후령에게 거센 빗줄기처럼 쏟아지기 시작했다.

파파파파파파팟!

특히나 검법인 천하오절 중 천하이절에 속한 쾌(快), 허(虛), 환(幻) 중 허와 환의 묘리(妙理)를 섞어냈다.

무형류는 말 그대로 자연스러운 무초식을 지향한다.

쓰는 사람에 따라서 다른 결과를 낼 수밖에 없는 특이한 권법이었기에 가능한 방식이었다.

그렇게 내기가 실린 허초와 환초가 마치 거센 빗줄기처럼 동후령을 향해서 날아들었다.

하나하나에 적정 수준의 내기가 실린 듯한 착각이 들 정도였기에 어느 게 진짜인지 동후령이 파악하기엔 사실상 불가능에 가까웠다.

"우웁."

그렇게 달려들던 동후령이 주춤하며 다시 거리를 벌리자, 거센 빗줄기처럼 쏟아질 듯하던 지악천의 주먹들도 순식간에 자취를 감췄다.

'허초?'

동후령이 그렇게 생각하는 순간 지악천이 가볍게 왼발을 앞으로 내딛었다.

그러자 벌어진 거리가 마치 종이를 접은 듯이 순식간에 좁혀졌다.

동후령에겐 마치 도술로 축지(縮地)를 펼친 듯한 느낌이었다.

물론 지악천이 왼발을 앞으로 딛기 무섭게 가볍게 오

른발을 튕긴 것뿐이지만, 주춤했던 동후령에겐 충분히 그리 보일 만했다.

하지만 그런 당혹감은 그리 오래가지 않았고 오히려 기회라고 생각했는지 역수로 들고 있는 검을 가까이 접근한 지악천의 목을 향했다.

검병을 쥔 손이 지악천의 목과 턱의 사이를 향해서 날아드는 순간 동후령이 역수로 쥔 검날이 아래로 향하게 손목을 비틀며 팔꿈치를 당겼다.

쉭, 휘릭! 촤악!

자연스럽게 접히는 팔꿈치로 인해서 역수로 쥔 검이 아래서 위로 베어 들어가는 듯한 형태로 지악천의 명치부터 시작해서 턱을 노렸다.

그러나 지악천은 아주 가볍게 왼발을 뒤로 빼면서 몸을 틀며 가볍게 피해냈다.

'오, 저렇게도 쓸 수 있긴 하네.'

앞서 지악천이 생각했던 것보단 운용의 폭이 나쁘지 않다는 사실을 인정했다.

저렇게 손목을 틀어내는 방식이라면 근접전에도 썩 나쁘지 않아 보였다.

물론 지악천은 그럴 생각은 없었지만.

그 후로 연이은 동후령의 공세가 이어졌지만, 이미 한 번 봤던 수법이 통할 리가 없었다.

그리고 너무 노림수가 뻔했기에 피하기는 더없이 쉬웠다.

역수로 잡은 손이 오른손이다 보니 말 그대로 제공권을 어디까지 잡아야 하는지까지도 금세 파악한 셈이었다.

그렇게 계속해서 악에 받친 듯이 역수로 잡은 검을 휘두르는 동후령 덕에 감각을 충만하게 끌어올린 지악천은 나름대로 만족했다.

'확실히 실전만큼 효율적인 게 없네. 슬슬 끝내야지.'

이만큼 여유를 부린 것도 따지고 보면 사치이기에 나머지 일 처리를 서둘러야 했다.

사해전장을 정리하고 곧바로 대룡상단까지 털어내야 하는 지악천으로선 이렇게 쓴 시간이 아쉬운 입장이었다.

샥! 펑!

날아드는 검날을 몸을 틀어 피해낸 지악천이 바로 장력을 방출하자, 공격 일변도였던 동후령은 무기력하게 뒤로 밀려나야 했다.

그리고 그 순간 참았던 숨을 터트렸다. 가슴과 어깨가 크게 들썩거렸다.

무려 20초식 가까이 지악천과 손속으로 섞는 것도 아니고 홀로 펼쳤으니 호흡 관리하기가 벅찰 수밖에 없었다.

콱! 후웅! 쾅!

"크읍."

순식간에 거리를 좁힌 지악천의 손에 멱살을 잡힌 동

후령의 몸이 공중에 붕 뜨기 무섭게 그대로 땅에 떨어졌다.

하지만 아직 동후령의 멱살을 잡은 채였기에 지악천이 대(大)자로 누운 그대로 들어 올렸다.

"크으윽."

"엄살 부리지 마."

지악천의 말에 아직도 손에서 놓지 않고 있던 검을 휘둘렀다.

휘익. 콱. 쫘아아악.

"크아아악! 놔! 놓으라고! 끄아아악!"

역수로 쥔 검을 휘두르려는 동후령의 오른손 손목을 잡아챈 지악천이 마치 손목을 박살낼 듯이 손아귀에 힘을 주자, 비명이 이어졌다.

콰직. 태앵.

고통으로 가득한 비명에도 눈 하나 깜짝하지 않던 지악천이 결국 붙잡았던 동후령의 손목을 부숴버렸다.

동후령은 역수로 쥐고 있던 검을 놓칠 수밖에 없었다.

환골탈태와 수많은 혈의 개통으로 인해서 지악천의 신체 능력은 어지간한 절정고수를 훌쩍 뛰어넘을 수준이었기에 뼈를 부수는 건 사실 일도 아니었다.

쿵.

멱살을 잡고 있던 손을 놓기 무섭게 동후령은 엉덩방아를 찧었지만, 그 정도 고통은 손목이 부러진 고통에 비교하면 아무것도 아니었다.

"으어어어억! 으아아아악!"

"시끄럽다."

빡!

"크헙!"

그대로 턱을 걷어차이자 동후령은 맥없이 쓰러져버렸다.

결국 동후령의 처지도 앞서 거인과 중년인과 다르지 않았다.

'대충 정리는 됐고. 그건 그렇고 의외네? 동주평에게 들었던 것과는 다르게 따라다니는 놈들이 없잖아.'

막상 동후령을 마주한 다음부터 잊고 있었는데, 그를 호위하는 이들이 하나도 없다는 사실을 늦었지만 지금에서야 떠올린 지악천이었다.

'설마 사전에 눈치를 채고 이놈이 미끼로 나선 건가? 그렇다고 하기엔 빠져나간 이들은 강 형에게 다 걸린 것 같은데? 뭐지?'

너무나도 뻔하지만, 그것이 강성중에게 사전에 부탁한 이유이기도 했다.

第 四 十 三 章 一 대룡상단

 기절한 동후령을 질질 끌고 가 마혈과 아혈을 짚은 후 포승줄로 단단히 묶었다. 그 뒤에 텅텅 비어버린 사해 전장을 벗어나 강성중이 있는 곳으로 향했다.

 강성중에게로 향하는 중간마다 큰 보따리를 짊어진 이들이 하나둘씩 쓰러져 있는 모습이 눈에 들어왔다.

 '역시 너무 뻔하네.'

 그렇게 주위를 둘러보며 움직이자, 이내 강성중이 있는 곳까지 닿을 수 있었다.

 "뭐야 그건?"

 강성중이 손에 쥐고 있는 축 늘어진 사람이 지악천의

눈에 들어왔다.

"하도 악을 쓰고 도망치려고 하길래."

"아아. 따로 도망간 놈은?"

"아직까진 없지."

"그래? 다행이네. 대충 정리해서 안으로 가자. 근데
몇 명이야?"

"음… 8명. 전부 다 숨은 붙여놨으니 찾기 어렵진 않
을 거다."

"생각보다 많았네. 고생했겠어."

그 말에 강성중은 가벼운 미소를 지으며 고개를 까딱
거렸다.

"딱 한 놈이 까다롭더라. 은신 실력이 좋더라고. 물론
그래봤자, 고양이 앞에 쥐새끼일 뿐이지만."

"어련하겠어. 아, 그리고 언제쯤 올 거 같아?"

"아마 이미 인근에 있지 않을까? 딱히 표식을 확인한
건 아니지만. 어차피 네 생각대로라면 이미 군사께서
이미 보내셨겠지."

"아무튼, 그 사람들 오면 몇 가지 주의사항만 알려주
고 바로 인계하고 대룡상단으로 가야 하니까. 빨리 왔
으면 좋겠네."

"그래."

그렇게 대화를 마무리한 지악천과 강성중은 빠르게
쓰러진 8명을 다시 사해전장 안으로 집어넣었다.

한편 원릉의 현청 내부는 안에 모인 이들에 비하면 아주 조용했다.

　앞서 지악천이 사해전장의 문을 부수고 들어갔다는 양민들의 신고가 들어왔지만, 황두길은 움직일 수 없었다.

　지악천이 말한 이들이 사해전장이라는 사실과 현령이 필요 인원을 제외한 모두를 불러 모은 이유를 그 소식을 듣고 이해했으니까 말이다.

　'씨발… 진짜 좆됐다.'

　황두길. 자신의 처지만 놓고 생각한다면 당연히 그런 욕설이 입안에 맴돌고 있어도 이상하지 않았다.

　앞서 지악천은 현청의 내부도 봤으며 자신의 행태까지 전부 고스란히 눈에 담았다.

　그가 현령인 경당철을 만난 이후로 현령의 태도 역시 변했기에 지악천이 자신의 목숨줄을 쥐고 흔들 수 있다고 생각했다.

　하지만 그렇다고 함부로 움직일 수도 없었다.

　모두를 불러들인 다음에 자신을 부르라고 했던 현령에게 다 모였다고 보고했지만, 아직도 집무실에서 나오지 않았기 때문이었다.

　그렇다고 황두길은 현령을 원망할 수도 없었다.

　'지악천의 위명이 거짓이 아니라면… 건들 수 없어.'

　현령이 이렇게까지 끼어들지 않는 것이 최선이라고 생각하고 있다고 생각했다.

'결국 둘 중 하나겠지. 홀로 들어간 지악천이 죽거나 사해전장이 망하거나.'

그렇게 머리를 굴려 답을 꺼냈을 때 정문을 지키고 있던 관졸이 다가왔다.

"황 포두님! 사해전장에서 사람들 왕창 빠져나갔고 비명이 몇 차례 들린 이후로 잠잠해졌다고 합니다!"

"그으래? 알겠으니까 돌아가 봐."

'어떡하지? 알려드려야 하나?'

마냥 기다리기만 하기에는 황두길의 속은 너무나도 타들어 갔다.

사해전장에서 현령이 받은 게 은자 500냥이라면 자신은 금자 50냥을 받아 챙겼다.

만약 지악천이 사해전장을 정리한다면 자신의 목숨이 왔다 갔다 하는 상황이니 황두길로서는 답답해 미칠 지경이었다.

그러한 미칠 지경의 불안감과 초조함은 황두길의 양손에서도 잘 표현되고 있었다.

같은 시각 지악천은 무림맹에서 제갈군의 명령을 받고 원릉에서 대기하고 있던 이들과 마주하고 있었다.

"반갑습니다. 지악천 대협. 차정필이라고 합니다."

지악천에게 제대로 예의를 차려서 말하는 이는 강성중 이전에 그를 감시하던 은영단 소속 무인이었다.

그랬기에 이렇게 단기간에 급성장한 지악천을 보고도

놀라움보다는 반가운 마음이 더 큰 모양이었다.

하지만 그런 사실을 모르는 지악천으로선 속으로 고갤 갸웃거릴 수밖에 없었다.

'언제 본 적이 있었나? 왜 저렇게 반가워하는 거 같지?'

물론 지악천으로선 당시 창정필의 존재를 눈치챌 순 없었다.

당시엔 그만큼 차이가 두드러졌는데 지금은 정반대로 벌어졌으니 창정필로선 기꺼울 수밖에 없었다.

―그렇게 티를 내면 어떡합니까? 당사자는 알지도 못할 텐데.

너무 티내는 창정필의 모습에 결국 강성중이 한소리하고 나서야 표정 관리가 됐다.

"크흠. 아무튼, 인수인계를 저희 쪽에서 처리하긴 하겠습니다만. 주의하거나 따로 빼야 할 것이 있습니까?"

"일단 이곳 현청에 대한 장부가 있다면 따로 분류해서 그쪽에 전해주시면 됩니다. 그리고 고리대금 중 도박이나 기타 범죄로 엮인 걸 제외한 나머지는 무위로 돌리는 것으로 하죠."

"그러면 사해전장의 다른 재산은 어떻게 하실 겁니까?"

창정필의 말은 지악천이 관인으로서 정리했지만, 어차피 이번 건은 관으로 넘길 수 없기에 하는 말이었다.

"그 부분은 군사께 알아서 하시라고 하시면 될 것 같군요. 이전처럼 그랬듯이. 아! 만약 액수가 많다면 어려운 이들에게 도움을 주는 것으로 하시죠. 다만, 저 말고. 무림맹이든 뭐든지요. 이곳을 새로 인수하게 될 이들의 이름도 나쁘지 않고요."

지악천의 말에 창정필은 흐뭇한 표정을 감출 수 없었다.

사해전장의 재산만 따진다면 금자로 수천만 냥 족히 넘을 수 있는 상황인데 욕심을 거의 부리지 않다니 대단하다고밖에 생각할 수 없었다.

물론 이 역시 지악천이 가진 재산에 대해서 모르기 때문에 가능한 생각이기도 하지만, 이 또한 상대적인 수준에 불과했다.

지악천이 가진 재산은 아무리 많이 쳐줘도 금자 100만 냥도 안 되는 수준인데 금자 수천만 냥과 비교할 수 없지 않겠는가.

"그렇게 하도록 하겠습니다. 더는 없습니까?"

"음… 그 정도면 될 듯합니다."

"그러면 이자들은 어쩌실 겁니까?"

지악천의 말에 알겠다는 고갤 끄덕이던 창정필이 아직도 깨어나지 못하고 있는 동후령을 가리켰다.

"일단 이놈이 암상의 주인의 아들이자, 장남이니 이놈을 족치시고 알아내는 것 중 중요한 사항을 강 형에게 알려주시는 것으로 하죠. 그러면 강 형이 저에게 알려줄 테니까."

"흐음. 그렇다면 다음 장소는 상덕(常德)이겠군요."

"그렇게 되겠죠."

창정필이 고갤 끄덕이며 다음 목적지를 언급하자 지악천도 고갤 끄덕였다.

상덕은 원릉에서 관도만 따라가면 닿는 대룡상단의 본단이 있는 곳이었다.

그리고 지악천이 사해전장을 정리하는데 걸린 시간은 고작해서 한 시진이 조금 더 걸렸다.

물론 사전에 동후령이 사해전장을 정리하고 있었기에 일 처리가 더 빨리진 점도 크게 작용했다.

* * *

그 시각 상덕에 있는 대룡상단의 본단에 암상의 주인이자, 대룡상단의 상단주로 자리하고 있는 동상백의 표정은 그다지 좋지 않았다.

"아직도 없더냐?"

"예. 아직까진 별다른 소식은 없습니다."

톡, 톡, 톡.

동상백은 뭐가 그리 초조한지 손가락으로 책상을 두드리고 있었다.

'느낌이 좋지 않아.'

뭔가 싸한 느낌이 좀처럼 사라지지 않고 있어서였다.

이런 느낌은 보통 좋지 않은 일이 생길 때 느꼈던 것이기에, 지금의 상황에선 더 예민하게 느낄 수밖에 없었다.

불안감을 느끼고 있는 동상백이 그런데도 자릴 뜰 수 없는 것은 자기 아들이자, 장남인 동후령이 돌아오지 않고 있기 때문이었다.

본래는 한 몸이었지만, 둘로 나뉘게 된 대룡상단과 사해전장은 서로 주고받으면서 빠르게 몸집을 불려나갔다.

때문에 둘 중 하나라도 정리가 안 된다면 한쪽이 털어낸다고 해도 아무런 소용이 없었다.

동상백의 전대 상주는 그런 증거를 남기지 않았지만, 동상백이 이어받은 후부터는 이중장부를 만들어야 했기에 증거를 남길 수밖에 없었다.

그 이중장부 때문에 동상백 때부터는 말 그대로 급속도로 몸집을 키워나가 대룡상단과 사해전장. 둘 다 중원에서 다섯 손가락 안에 꼽히도록 만들 수 있었다.

그런데 이제 와서 그것이 발목을 잡을 줄은 몰랐다.

특히나 높은 관직에 자리한 관인들에겐 많은 뇌물을 주고 도리어 그들을 협박하며 입을 막았고, 무림의 무인들은 대룡상단과 사해전장이 나서서 돈을 뿌렸기에 문제가 생기지 않게 해왔다.

그런데 하필이면 별거 아닌 일개 현청의 포두 때문에 이렇게 덜미를 잡힐 줄은 생각지도 못했다.

'빌어먹을. 빌어먹을!'

"아직도 없더냐!"

앞서서 물어본 지 얼마 되지도 않았고 그사이에 소식이 왔으면 곧장 알렸겠지만, 동상백의 마음이 급하니 어쩔 수 없는 모양이었다.

"차라리 사람을 보내는 것이 어떻겠습니까. 중간에 만날 수도 있고 그쪽 소식이 늦는다면 이쪽에서 움직이는 게 나을 듯합니다."

"오, 그래. 그게 좋겠구나. 발 빠른 녀석으로 어서 보내라!"

평상시라면 동상백이 스스로 떠올릴 만한 일이지만, 머릿속이 복잡하니 이런 기본적인 것도 떠오르지 않았던 모양이었다.

"알겠습니다. 그리하겠습니다."

그렇게 사람을 보냈지만, 그래도 기분이 좀처럼 나아지지 않았다.

* * *

같은 시각 지악천과 강성중은 사해전장의 처리를 창정필에게 맡긴 후 상덕을 향해서 빠르게 움직이고 있었다.

─강 형. 대룡상단도 사해전장과 비슷할까?

─그거야 가봐야 알겠지만, 저쪽도 동주평이 너에게 당했다는 사실을 들었으니까 정리하고 있었던 아닐까?

─그러면 아무래도 속도를 더……?

전음을 날리던 지악천이 전방을 바라봤다.

―왜?

―정확한 거리는 모르겠지만, 무인이야. 혼자인데 빠르게 이쪽으로 오고 있어. 무위는 대략 절정수준이야.

―마주하는데 걸릴 시간은?

―지금 이 속도라면 얼마 걸리지 않을 거야. 양쪽이 다 움직이는 거니까. 일단 위로 올라가자.

지악천이 말을 끝내기 무섭게 빠르게 나무꼭대기로 올라가자 강성중 역시 따라 움직였다.

잠시 후 지악천이 말한 이의 기척이 강성중의 기감에도 느껴지기 시작했다.

'…미쳤군. 도대체 얼마나 멀리까지 느낄 수 있는 거지?'

강성중은 특수한 수행으로 인해서 일반적인 이들보다도 넓은 범위를 인지하는 편인데도 지금의 지악천은 그것을 아득하니 뛰어넘은 느낌이었다.

물론 화경에 오르기 전에도 지악천의 기감이 상당히 넓다는 걸 알고 있었지만, 지금은 그때와 궤가 아예 달라져 있었다.

'그냥 단순하게 기감만으로 판단하는 것도 아니야. 상대방이 어떻게 움직이는지까지 모조리 인지하고 있어.'

강성중은 자신의 상상을 뛰어넘는 지악천의 기감에 그저 감탄하고 또 감탄했다.

그렇게 생각하는 와중에 강성중은 빠르게 경공을 펼치며 달려오는 이의 면을 확인할 수 있었다.

─처음 보는 이다. 확실하진 않지만, 문파나 세가 소속의 절정 무인이라면 거의 다 파악하고 있는데 저런 이는 없다. 특히 저렇게 대략 마흔에 가까워 보이는 이라면 더더욱.

─그렇다면 방향도 그렇고 대충 확정이네. 대룡상단에서 사해전장의 소식을 듣거나 전하기 위해서 보낸 놈이란 말이겠지.

강성중의 말에 지악천은 확신 어린 표정으로 전음을 날리며 고갤 끄덕였다.

지악천은 바로 빠르게 달려오는 이를 그냥 무시하기로 했다.

앞서 봤던 창정필이 손쉽게 처리할 수 있는 수준이기도 한 것이 가장 큰 이유였다.

그리고 지악천이 놈을 잡아서 뭔가를 얻어낼 시간에 상덕(常德)으로 가서 대룡상단을 치는 게 훨씬 더 시간상으로 효율적이기 때문이었다.

앞서오는 놈이 둘을 지나친 후에 지악천과 강성중은 그대로 하늘을 날아오르듯이 몸을 날렸다.

그렇게 반 시진이 채 안 돼서 그들은 상덕의 외곽에 도착할 수 있었다.

정확히 그 시간은 정오였다.

지악천과 강성중이 상덕의 외곽에 도착한 시각에 무림맹 군사전에서 언제나처럼 수북하게 쌓인 서류를 확인하고 있는 제갈군의 뒤로 은영단주가 모습을 드러냈다.

"20위에게 소식이 들어왔습니다. 사해전장에서 접촉 후 상덕으로 이동 중이라고 합니다."

"그쪽 상황은?"

"이미 배치해두었고 내부가 부산스럽다는 소식을 앞서 받았습니다."

"확실히 정보가 틀리진 않았던 모양이군. 사해전장이나 대룡상단이나 같은 반응을 보이는 걸 보니. 그런데 생각보다 허술하군. 오랜 시간 걸리지 않았기 때문인가? 생각 이하로 철저한 모습보다 허술한 모습만 보이니."

제갈군의 말에 은영단주 역시 동감한다는 듯이 고개를 끄덕였다.

"예. 그들이 본래 관을 대상으로 암약을 시작했고, 무림을 대상으로 움직인 것은 얼마 되지 않았던 것이 큰 모양입니다."

"아니면, 자신들이 걸리지 않은 시간이 길어지면서 자연스럽게 자신감이 커지고 방만해졌던 걸지도 모르지. 조사한 것들만 놓고 보면 애초에 부정을 저지르다가 제 손으로 제 발목을 잘라내 망했던 이들이긴 했지만, 그런 초창기의 조심성이 오히려 독이 된 것 같군. 그 후로 오랜 시간 동안 걸리지 않아 긴장감이 풀어지면서 방만해진 것을 보면."

"애초에 저희 쪽과 거래를 트지 않으려고 했던 것도 그러한 이유일 수도 있겠습니다."

"우리는 적이 많은 편이라 거래 상단이라고 할지라도 다소 철저하게 조사하는 편이니 당연하겠지. 일단 잘 지켜보려고 전달하게. 지악천. 그가 어떤 방식으로 어떻게 처리하는지."

상덕으로 입성한 강성중은 아까와 같이 자릴 잡기 위해서 움직였다.

지악천은 원릉 현청을 찾아갔던 것과는 다르게 현청을 찾아가지 않고 곧장 대룡상단으로 향했다.

대룡상단으로 가는 길 길목 하나하나에는 사해전장과는 다르게 최소 절정수준의 무인들이 혹시 모를 상황에 대기하고 있는 듯했다.

'기질이 제각각이니 무림맹에서 나온 건지 암상 쪽인지 모르겠네.'

하지만 고민을 길게 끌고 갈 필요는 없었다.

지악천이 대룡상단으로 쳐들어가는 순간에 모든 것이 판별될 테니까.

—앞에 보이는 사거리에서 왼쪽으로 돌면 바로 보일 거다.

그렇게 걷고 있던 와중에 들려오는 강성중의 전음에 지악천은 가볍게 미소를 지으며 사거리에서 왼쪽으로 방향을 틀었다.

그러자 사해전장보다 큰 대문이 굳게 닫힌 상태의 대
룡상단이라는 현판이 눈에 들어왔다.

'후…… 암상과는 마지막이 됐으면 좋겠군.'

마지막이 되면 좋겠다는 생각과 함께 굳게 닫힌 대룡
상단을 향해서 걷기 시작했다.

우웅! 우우웅!

대룡상단의 굳게 닫힌 문에 가까워질수록 지악천의
기파(氣波)가 대룡상단의 정면이 아닌 길가에 있는 양
민들을 위주로 퍼져나갔다.

주변에 있던 양민들은 본능적으로 지악천이 뿌리는
기운을 느끼고 본능적으로 주변에서 떨어지기 시작했
다.

그들은 무엇인지도 모른 상태로 그저 본능대로 움직
이고 있었다.

그들을 움직이게 한 것은 지악천이 자의적으로 의도
한 것이 아니었다.

하지만 그것이 심검(心劍)의 수준까진 아니더라도 주
변에 소란을 떨지 않고 주변에 있는 이들의 본능을 자
극해서 그들을 움직이는 데 충분할 정도였다.

이런 행위는 누구나 쉽게 할 수 없는 형태의 것이었
다.

그렇게 주위에서 사람들을 물린 지악천은 굳게 닫힌
대룡상단의 문을 가볍게 두들겼다.

쿵쿵. 쿵쿵.

이미 대룡상단의 내부에 몇 명이나 있는지는 기감을 통해서 확인이 끝난 부분이었다.

이번에는 강제로 문을 부수지 않고 친절하고 얌전하게 안으로 들어가려고 했다.

하지만 지악천의 두드림에도 답이 없었다.

'점점 다가오는 숫자는 늘어나는데 대답이 없다니 치졸하네.'

가벼운 미소를 지으며 단전의 내기를 끌어올려 오른손에 집중했다.

'열어주기 싫다면 내 손으로 열면 그만이지.'

후우우우우웅!

지악천의 손에 내공이 모이는 걸 안쪽의 누군가가 느꼈는지 다급한 목소리가 들려왔다.

"산개해! 당장! 피해랏!!!"

그 목소리를 들으며 지악천이 작게 말했다.

"늦었지."

펑! 콰지지직! 콰아아아앙!!!

"끄아아악!"

"으아악!!!"

지악천의 손에서 방출된 장력은 대룡상단의 큰 문을 박살내고도 여력이 남았는지 안쪽에 있던 이들까지 휩쓸어 버렸다.

탁탁.

가볍게 손을 털면서 박살난 정문을 통과한 지악천이

장력에 휩쓸려버린 이들과 그렇지 않은 이들을 훑어보며 읊조렸다.

"그러니까 그냥 열었으면 좋았잖아."

지악천의 말에 쓰러진 이들이야 대부분 정신을 잃어서 답을 힐 수 없있고, 그나마 끄트머리에 있었거나 말을 듣고 피한 이들은 단 한 번의 장력에 겁먹어버렸다.

그런 상황에서 지악천이 빠르게 달려오는 기척을 느끼고 고갤 돌렸다.

"적을 앞에 두고 멍하니 뭣들 하는 것이냐!!!"

차마 지악천을 바라보지도 못하고 있는 이들을 향해서 스물에 가까운 이들이 빠르게 달려왔다.

고함을 친 사내는 아마도 가장 선두에 있는 사내로 보였다.

"이놈들! 네놈들이 그러고도! 암… 대룡상단의 호위대라고 할 수 있더냐!"

순간 주춤했지만, 그는 분명 암상이라고 말하려다가 이 지경을 만든 지악천을 의식해서 말을 빠르게 바꿨다.

그러나 지악천에겐 그저 가소로울 뿐이었다.

"겁먹은 애들을 왜 겁박해? 그런다고 겁먹은 이들이 달라질 줄 아나? 한심하네."

그 말에 방금까지도 마치 겁먹은 이들을 잡아먹을 듯한 표정을 하고 있던 사내가 안면을 싹 바꾸며 무표정하게 지악천을 바라봤다.

"뉘… 아니, 포두가 어째서 가만히 있는 대룡상단을 괴롭……!? 놈이다!!!"

그는 상대가 포두복을 입고 있는 것을 보고 포두라고 생각하고 말을 하면서도 이상하게 여기다가 이내 지금 자신의 앞에 있는 이가 누군지 깨달았다.

씨익.

하지만 그의 급박해진 표정과 외침과는 달리 지악천은 가지런한 새하얀 치아가 보일 정도로 환하게 미소를 짓고 있었다.

사내의 말에 주변의 분위기는 반전이 되었지만, 상황은 달라지지 않았다.

그들은 움직이려고 했지만, 이어지는 지악천의 기파의 폭사가 그들의 발목을 붙잡았다.

쿠오오오오.

짓누를 듯한 압박감을 선사하고 있는 기파에 그들은 눈동자만 움직이며 눈치를 보고 있었다.

마치 누가 먼저 움직이면 지악천의 손에 찢길 것 같았기에 누구도 움직일 수 없었다.

그렇게 누구 하나 입조차도 열지 못하고 있을 때 또다시 누군가가 공중에서 떨어지듯이 내려왔다.

쿵!

"지금 뭣들!?"

그렇게 도착한 이조차도 지악천이 뿜어내는 기파를 느끼고 그대로 굳어버렸다.

그런 그들의 모습이 지악천은 그저 씁쓸할 뿐이었다.

초절정에 겨우 오른 이들이 태반이었기 때문이었다.

'내가 너무 많은 걸 바란 건가?'

숨은 실력자가 하나라도 있을 줄 알았는데 처음 지악천이 느낀 대로인 대다수가 절정이고 소수의 조절정 수준의 무인들로 이뤄져 있었다.

'그렇다면 더 시간 낭비할 이유가 없겠지.'

제대로 모든 걸 풀기로 생각하자 지악천의 하단전에 있는 내공들이 전신으로 빠르게 퍼져나갔다.

세포 하나하나가 민감해지기 무섭게 그의 주변에 선명하게 보이는 아지랑이들이 피어올랐다.

그런 모습을 그저 바라볼 수밖에 없는 이들의 눈엔 절망이 깃들기 시작했다.

그들도 눈치가 있고 경험이 있기에 지금 지악천의 모습만 봐도 자신들의 운명은 결국 그의 손에 달려 있다는 걸 다 알 수밖에 없었다.

"대충 내가 누군지 아는 눈치니까 굳이 이름을 밝히는 그런 건 생략하지. 그리고 내가 여기에 왜 왔는지 대부분 알 테니까 그 역시 설명할 필요는 없을 테고, 음… 또 뭐가 있으려나. 그래. 너희들이 왜 이 자리에서 저렇게 되어야 하는지 정도는 말해줘야겠네."

지악천이 이미 숨이 끊어진 이들을 가리키며 말을 이어갔다.

"좀 전에 너희 일 공자가 내 손에 잡혔고 그전에는 너희 삼 공자가 내 손에 죽었거든. 그리고 내가 약속을 하나 했지. 저승 가는 길에 심심하지 않게 많이 보내줄 거라고 했거든."

지악천의 말에는 살기조차 담기지 않았지만, 대신 기백이 생생하게 담겨서 그런지 듣고 있는 자들은 더욱 굳어서 말을 할 수 없었다.

이 자리에 있는 누구도 화경의 고수가 뿜어내는 기백과 기파를 받아본 적이 없으니 당연했다.

동후령에게도 제대로 보여주지 않았던 화경의 힘을 괜한 곳에서 풀기 시작한 지악천이었다.

그 시각 대룡상단의 내원에 자리한 동상백이 있는 전각에선 밖에서 들려오는 소리에 침묵만이 흐르고 있었다.

쾅쾅! 쾅! 콰아앙!

늑대 떼 사이에 뛰어든 용처럼 주변을 박살내는 소음이 왕왕 들려오고 있었지만, 동상백의 표정은 초연했다.

하지만 그런 그와 달리 전각에 그와 함께 있는 이들의 표정은 불안함이 가득 담겨 있었다.

동상백을 제외한 모두가 무공을 익힌 무인들이기에 자신의 존재감을 숨김없이 뿜어내는 지악천의 거대한 존재감을 느끼지 못할 이유가 없었기 때문이었다.

"저… 피하시는 게 낫지 않겠습니까. 일 공자 때문에 늦어지긴 했지만, 지금이라도."

침묵이 흐르는 와중에 한 명이 용기 내서 말했지만, 동상백은 가볍게 고갤 흔들었다.

"나름대로 내가 많은 돈을 들여서 키워낸 그대들조차 한순간에 얼어붙을 정도로 놈을 상대로 이 노구가 어떻게 도망갈 수 있겠나."

"그 부분은 제가 모시고 간다면 어떻게든 될 겁니다!"

다른 사내가 가능하다는 식으로 말을 했지만, 동상백은 고갤 흔들었다.

"됐네. 자네가 아무리 빨라도 그건 자네 혼자였을 때 빠른 거지. 그냥 놈이 사해전장을 먼저 들르지 않고 여길 먼저 왔길 바라는 수밖에 없지. 그리고 내가 미끼가 되고 그것으로 첫째가 목숨을 부지할 수 있다면 그것만으로도 충분히 내 목숨을 걸 가치가 있다. 정말 그렇게만 될 수 있다면 최소한 선대의 유지를 이어갈 수 있을 테니까."

계속해서 침묵을 이어가던 다른 이가 결국 참지 못하고 입을 열었다.

"…만약 일이 틀어진다고 해도 이 공자와 사 공자가 남아 있지 않습니까."

그들은 그저 최악의 상황을 상정한 말이었지만, 듣는 동상백의 입장에선 기분이 좋지 않았는지 말투가 살짝 날카로워졌다.

"알고 있지 않나? 나머지 녀석들은 첫째와 비교한다면 모든 면이 현저히 떨어져. 그리고 둘째와 넷째는 상단 활동으로 이미 이름과 얼굴이 알려진 녀석들이니 상행을 마치고 돌아올 때 전부 다 잡힐 게 뻔해. 그렇게 된다면 결국 남는 건 첫째뿐이다. 후령이의 생존 여부가 사해전장과 대룡상단의 본질인 암상의 존폐가 달린 거다. 명심해라."

늙은 동상백이었지만, 오랫동안 암약해왔던 암상의 주인이라는 것을 말에 담긴 기백으로 다시금 확인한 그들이었다.

그렇게 그들이 고갤 숙이자, 그 모습을 보며 동상백이 가볍게 숨을 내쉬었다.

"살아라. 놈에게 복수해달라고는 하지 않겠다. 하지만 만약 첫째 후령이가 살아 있다면 녀석을 도와줘라. 내가 너희들을 공들여 키워왔듯이."

"크아아악!"

지악천은 무지막지한 기운으로 그들을 압박하여 짓누르는 동시에 마치 소림의 백보신권(百步神拳)처럼 보일 수준의 기예를 펼치며 그들의 목숨 하나하나 지워나가고 있었다.

물론 지악천이 펼치는 것은 말 그대로 백보신권처럼 보이는 것뿐이었다.

지풍에 내공을 싣고 날리는 행위와 같은 방식이라고 보면 가장 알맞았다.

'괜찮은데?'

굳이 은밀성이 필요 없는 상황에선 이렇게 권풍에

내기를 담아서 날리는 게 상당히 마음에 든 모양이었다.

지악천의 상태를 모르는 이들은 그가 무리한 내공 운용을 한다고 생각할 수도 있겠지만, 실상은 그렇지 않았다.

지악천의 하단전에 있는 내공은 대략 250년.

즉 4갑자가 조금 넘는 수준인데 권풍에 담기는 내공의 양을 아무리 많이 쳐준다고 해도 쓰는 것보다 채워지는 속도가 더 빠른 탓이었다.

대략 권풍에 담기는 내공이 대략 10년 치 내공이라면 채워지는 속도는 15년 이상이니 오히려 여유로운 수준이었다.

하단전의 엄청난 회복속도.

그것이 여타 화경의 고수들과 다른 점이었다.

거기다 지금까지 성장해오면서 각 무공의 단계별로 누적된 경험이 아주 자연스럽게 묻어나기 시작한 것이었다.

물론 아직 대등한 수준의 무인을 마주한 것은 아니었지만, 이렇게 서서히 묻어난다는 자체 아주 좋은 신호였다.

쾅! 쾅! 펑!

지악천의 주먹이 쉼 없이 움직일 때마다 폭발음을 내며 가슴이 움푹 들어간 모습으로 죽어 나가는 이들은 계속해서 늘어났다.

그렇게 지악천의 앞에는 단 한 명의 사내만 서 있었다.

다른 이들은 언제 죽어도 이상하지 않을 정도로 미약하게 숨이 붙어 있는 이들을 제외하면 다 숨이 끊어진 상태였다.

"……."

지악천의 기세에 짓눌려버린 그는 거의 삶을 포기한 듯한 표정이었다.

"왜? 억울해? 억울하면 저승 가서 동주평에게 불만을 토로하라고. 날 이곳까지 오게 만든 건 놈이니까."

그런 사내에게 지악천은 비웃지 않았다.

오히려 담담하게 죽음을 받아들인다는 건 쉬운 일이 아니라는 걸 알기에 비웃을 수 없었다.

후웅. 피잉!

반항할 의지조차 없는 그를 향해서 검지를 뻗자, 날카로운 파공음이 울렸다.

사내의 이마 정중앙이 뚫리기 무섭게 사내의 눈에서 초점이 사라지며 그대로 뒤로 넘어갔다.

쿵.

구멍이 뚫리며 절명한 사내가 쓰러지고서 지악천은 좌측에 있는 전각을 향해서 그대로 장력을 방출했다.

콰지지지직! 쾅!

빠른 속도로 방출된 장력이 전각을 부수며 폭발하더니 그 순간에 하늘로 한 사람의 신형이 솟구쳤다.

그리고 그런 그 사람을 향해서 재차 내공을 머금은 권풍이 날아들었다.

콰지직! 쿠웅!

공중으로 솟구쳤던 사람은 그대로 지악천의 권풍이 오른쪽 옆구리에 밎있는지 몸이 기괴하게 돌면서 바닥으로 추락했다.

"숨어 있는 건 너희의 자유니까 나는 상관없지. 근데 한 놈도 빠지지 않고 저렇게 될 텐데 감당할 수 있겠어?"

지악천은 다소 웃긴 협박을 하고 있었다.

어차피 죽을 거 모습을 드러낼래? 아니면 그냥 저렇게 죽을 건지 선택하라는 말이었다.

하지만 지악천의 말을 듣는 이들은 웃을 수가 없었다.

지악천은 짧은 시간 동안에 수십 명을 상대로 가히 무자비한 모습을 선보였지만, 전혀 지친 기색을 찾아보기 힘들 정도였으니 그럴 수밖에 없었다.

그리고 그들에겐 선택지는 존재하지 않았다.

지악천은 생각할 시간조차 주지 않겠다는 듯이 양손에 끌어올린 장력을 숨어 있는 이들을 향해서 연달아 방출했기 때문이었다.

쾅! 콰콰쾅! 콰아아앙!

정확하게 숨어 있는 이들이 있는 전각만 노리고 날아드는 장력에 전각들은 삽시간에 터져나가면서 끝까지 숨어 있는 이들을 그대로 쓸어버렸다.

결국, 단 한 명도 모습을 드러내지 않고서 그대로 전각과 함께 최후를 맞이했다.

그들의 삶은 거기까지였다.

그렇게 지악천이 전각들을 날려버릴 때 즈음 바깥에는 관졸들이 서서히 주변을 포위하기 시작했다.

'상황 파악하느라 달려들진 않겠군.'

그들을 확인한 지악천이 바로 품에 손을 넣어 포두라는 신분을 밝혀줄 호패를 관졸들이 서 있는 인근에 정확히 던졌다.

쉬이익! 툭.

자신이 던진 호패를 관졸이 집어든 모습을 확인한 지악천은 그대로 몸을 돌려 내원으로 향했다.

지악천이 내원을 향할 때 그가 던진 호패를 주워든 관졸은 호패에 적혀 있는 내용을 확인한 후에 바로 움직였다.

관졸이 향한 곳은 자신의 상관인 포두였다.

"포두님. 대룡상단을 습격한 이가 이 호패를 던졌습니다."

관졸이 호패를 건네자, 포두라 불린 이가 고민하며 중얼거렸다.

"음? 남악 현청의 지악천 포두라고? 지악천… 지악천이라… 어디선가 들어봤는데? 어디지?"

그렇게 호패를 쥔 포두가 한참을 고민에 빠진 상태로

있을 때 그와 같은 포두복을 입고 있는 다른 사내가 그에게 다가왔다.

"감 포두. 왜? 뭔데?"

감 포두라 불린 포두가 자신이 보고 있던 호패를 자신을 부른 이에게 넘겼다.

"대룡상단에서 소란을 일으킨 자로 보이는 놈이 던진 거라는데 들어본 이름이야?"

"남악 현청 소속 지악천이라… 아! 그 사람이잖아. 형산 근처에 있는 현청에서 살인귀도 잡고 소금 밀매, 매음굴도 잡아냈다는 포두. 제형안찰사사에서 눈독 들이고 있다는 소문이 있는 그 포두 말이야."

그의 말에 감 포두의 표정이 심각해졌다.

"아니, 그런 명망(名望) 있는 포두가 왜 대룡상단을……?"

"그, 그러네? 대룡상단을 왜 쳐들어간 거지?"

그들은 의문이 가득 담긴 눈으로 뻥 뚫린 대룡상단의 정문을 바라봤다.

그리고 누가 먼저랄 것도 없이 그들의 목울대가 크게 움직였다.

꿀꺽.

그들 역시 받아먹은 게 있는 이들이기에 자연스럽게 긴장할 수밖에 없었다.

콰아아앙!

그때 다시금 대룡상단 안에서 있어선 안 될 대포가 폭

지악천

216

격하는 수준보다 훨씬 큰 폭발소리가 크게 울렸다.

그러자 그들은 동시에 서로를 바라보며 고개를 끄덕이더니 빠르게 갈라지며 명령을 내렸다.

"물러서라! 이곳으로 오는 길을 통제하고 다른 이들이 접근하지 못하게 막아라!"

그들이 원하는 것은 단 하나였다.

대룡상단을 친 사람이 지악천이든 아니든 그 무엇이 됐든 간에 상관없이 죽어서 나오길 바라는 마음뿐이었다.

외원과 내원을 가르는 문을 일말의 고민도 없이 부숴버린 지악천은 그 앞에 자리한 이들을 보며 미소를 지었다.

확실히 그가 느낀 대로 외원에 자신을 맞이했던 이들은 시작에 불과했다.

"대룡상단의 동상백이라고 해야 하나? 아니면 암상의 주인인 동상백이라고 해야 하나?"

"……."

그 자리에 모인 그 누구도 지악천의 말에 대답할 생각이 없는지 지악천을 상대로 살기만 뿜어낼 뿐 입을 열지 않고 있다가 이내 한 명이 지악천을 노려보며 크게 외쳤다.

"철벽진(鐵壁陳)!"

그 외침에 단숨에 40명이 조금 안 될 듯한 수의 무인들이 동시에 지악천을 향해서 날아들었다.

빠르게 지악천을 중심으로 원을 그리듯이 철벽진을 펼치는 그들에게서 느껴지는 기세는 이름 그대로의 단단함이었다.

그렇게 느껴지는 기운으로만 판단한다면 이 진법은 철저한 방어신에 가깝다고 할 수 있을 정도였다.

하지만 지악천에게는 40여 명이 모여 만든 철벽진이라는 방어진조차 가볍게 느껴질 뿐이었다.

방어진이라고 한들 어차피 버텨낼 수 있는 한계는 명백하게 존재하기 마련이기 때문이었다.

'최대까진 필요 없을 것 같고 흠… 절반이면 충분하려나? 아니, 그보다 조금 모자라도 되겠네.'

자신을 중심으로 철벽진을 펼치고 있는 대룡상단의 이들을 보며 정말 한없이 여유로움을 감추지 않고 생각하는 지악천의 모습에 철벽진을 펼치고 있는 이들은 속으로 이를 갈았다.

하지만 그들이 이를 갈든 말든 지악천은 그런 사실을 알 필요도 없는 일이었다.

콰아앙!

쾅! 콰지직! 쿠웅!

방출된 장력이 그들과 부딪혀 폭발하는 순간 그 자리에 있던 이들은 사방으로 흩날렸다.

철벽진을 펼치려면 어느 정도 가까운 거리여야 하는 점도 있지만, 결정적으로 지악천이 방출한 장력이 날아가는 속도가 너무나도 빨랐기 때문이었다.

그리고 구멍이 뚫린 진은 그 수명이 그 순간에 끝나는 법이었다.

물론 수복할 수도 있겠지만, 지악천이 그런 시간을 줄이유가 없었다.

지악천은 곧장 환영신보(幻影神步)를 펼치며 진형이 무너진 그들을 빠르고 정확하게 정리하기 시작했다.

애초에 살려줄 생각이 없었기에 손속에 자비라는 단어는 배제된 상태였다.

지악천은 일말의 주저함도 없었다.

쾅! 콰직! 우두둑! 콰드득!

이 소리가 전부 사람의 몸에서 울리는 소리였고 순식간에 4명이 이승을 떠났다.

그리고 그 소리는 계속해서 이어졌다.

덜덜덜.

일말의 주저함 없이 목숨을 끊어가는 지악천의 모습은 바라보는 이들에겐 지옥같았다.

자신들 역시 그런 처지에 놓일 것이란 사실 또한 인지하는데 그리 오래 걸리지 않았다.

저벅저벅.

철벽진을 펼쳤던 이들의 목숨을 전부 끊어낸 지악천이 그들의 앞으로 가볍게 손을 털면서 걸어왔다.

앞서 철벽진을 펼치라고 말했던 이의 얼굴색은 주변에 있는 이들 중 가장 처참했다.

철벽진을 고안하고 그들을 가르쳤던 사람이 바로 그

였기 때문이었다.

자신이 가르친 이들의 죽음은 그야말로 개죽음이나
다를 바가 없었다.

그가 지금 느끼는 감정은 자신의 가르침을 받은 이들
이 지악천을 상대로 아무것도 하지 못한 것에 대한 분
노가 아닌 참담함이었다.

하지만 그런 그의 감정은 금세 다른 이들에게서 느껴
지는 공포에 희석돼버렸다.

그런 공포는 때론 무모함 또는 분노로 바뀌기도 했다.

"으으으…… 죽어!!!"

검을 뽑아 들고 지악천을 향해서 달려들었다.

하지만 그런 그의 무모함은 헛수고였다.

무서운 기세로 달려드는 그를 보면서도 지악천은 여
유로웠다.

지악천은 그의 검을 가볍게 상체만 꺾어 피하는 동시
에 몸을 튕기며 양팔로 바닥을 짚었다.

그리고 그 순간 자신을 향해서 검을 쓴 상대의 왼쪽 광
대와 뺨을 그대로 발등으로 찍어버렸다.

비록 지악천이 발등에 큰 힘을 쓰진 않았지만, 상대가
달려들던 속도만으로도 충분했다.

쾅! 핑그르르르. 콰직!

상대는 지악천의 반격을 예상하지 못했기에 충격은
정신이 나가버릴 정도로 컸다.

땅에 떨어지는 순간 머리부터 떨어지면서 목뼈가 그

만 부러져 버렸다.

꿈틀꿈틀.

다소 기괴한 형태로 쓰러진 상태에서 꿈틀거리는 모습은 가히 충격적이었다.

그런 상황에서 지악천은 더없이 자비로운 모습을 보여줬다.

콰직.

이미 한 사람으로서 움직이는 것이 불가능한 상태인 그의 목을 밟아 숨을 끊어준 것이었다. 물론 보는 사람에 따라서 관점이 다르겠지만, 지악천은 나름대로 자비를 베풀어준 셈이었다. 이 행위에 남들이 어떤 평가를 하든 말든 상관없이.

그렇게

"자, 이제 누구냐?"

다소 무미건조한 목소리로 말하는 모습에 공포심은 더없이 커질 뿐이었다. 또한, 커질 대로 커진 공포를 무모함이나 분노로 바꿀 수 있는 이들은 이 자리에 존재하지 않았다. 그렇게 양의 탈을 강제로 쓴 겁먹은 늑대를 상대로 큰 힘을 들일 필요는 없었다.

콰직! 쾅! 콰아아앙!

두근두근. 두근두근.

동상백은 자신의 방 밖에서 들려오는 소리에 빠르게 뛰는 심장을 최대한 진정시키고 싶었지만, 그게 마음처럼 쉬운 일이었다면 누구나 쉽게 했을 것이었다. 지악천이 내원으로 들어서기 전에 자신과 함께 있던 이들을 전부 내보냈던 동상백은 홀로 방 안에서 자신과 싸워야 했다.

죽음을 목전에 두고 먼 미래를 생각해서 벗어나고 싶다는 생각을 계속해서 억누르고 있는 것 자체만으로도 그는 박수 받아 마땅하겠지만, 지금 이 자리에는 그 혼자일 뿐이었다.

'천지신명이여! 놈이 사해전장을 들르지 않았길 바랍니다.'

하지만 천지신명에게 빌기에는 너무 늦었다. 이미 사해전장을 털어버린 지악천이니 천지신명이 동상백의 바람을 듣는다고 하더라도 해줄 수 있는 것은 없었다.

콰지지직! 콰아아아앙!

그렇게 그가 계속해서 천지신명에게 빌고 또 비는 사이에 폭음은 끊길 기미조차 보이지 않았다. 그때 동상백의 명을 따라서 대룡상단을 빠져나갔어야 했던 이들 중 몇 명이 다친 이들을 데리고 돌아왔다.

"쿨럭! 죄, 죄송합니다……."

상태가 심각해 보이는 이가 피가 섞인 기침을 터트리며 말했다.

"아니, 왜 돌아왔나? 그리고 그 상처는?"

"저희가 빠져나갈 것을 예상했는지 뒤에 매복이 있었

지악천   222

습니다."

그나마 상태가 멀쩡한 이가 동상백의 말을 끊고 암울한 감정이 섞인 목소리로 말했다. 그의 말에 동상백의 표정은 더 안 좋아졌다.

'도대체 누가 이들을……?'

자신이 많은 돈과 심혈을 기울여 키워낸 이들이다. 명망 높은 문파나 세가를 제외한 어지간한 문파 하나쯤은 사흘 안에 제압할 수 있다고 생각했는데 이렇게 쉽게 당했다는 게 믿어지지 않았다.

"누, 누구인가?"

적이 지악천 하나가 아니라는 생각이 들자, 동상백의 목소리는 저절로 떨려왔다. 그렇게 떨리는 목소리로 물었지만, 누구 하나 그의 물음에 답할 수가 없었다.

그저 다들 고갤 흔들 뿐이었다. 그런 그들의 무기력한 모습에 동상백의 앞에 마치 깜깜해지는 듯했다. 지악천에게 조력자가 있다는 사실에 그는 자연스럽게 제갈세가를 떠올렸고, 그다음으로는 자연스럽게 사해전장에 있을 자신의 첫째 아들인 동후령을 떠올릴 수밖에 없었다.

제갈세가가 나섰다면 사실상 사해전장도 끝났다고 봐야 했기 때문이었다. 물론 그것은 어디까지나 동상백의 착각에 불과했지만, 아주 완벽히 틀린 것은 아니었다.

앞서 지악천이 사해전장을 정리하고 이곳에 온 것이
니 사해전장이 끝난 것은 맞힌 셈이었다.

지악천은 건물에 숨어 있는 이들까지 전부 정리한 후
에 비로 앞에 빠져나갔던 이들이 강성중에게 혼쭐이 나
고서 돌아온 전각으로 향했다.
'과연 암상의 주인인 동상백을 만날 수 있을까?'
지악천은 암상의 주인이라고 할 수 있는 동상백이 명
청하게 대룡상단에 남지 않을 것으로 생각했다.
하지만 앞서 강성중에게 당하고 되돌아온 이들을 생
각하면 동상백이 있을 가능성도 없지 않을 수 있다고
조심스럽게 예상했다.
그렇게 전각으로 걸어가기 시작하자 지악천이 걸어가
는 방향의 전각의 문이 열리면서 백발의 노인이 밖으로
나왔다.
그 백발의 노인은 분명 동상백이 맞았다.
하지만 그 모습이 너무 충격적이라 지악천이 알아보
지 못할 정도였다.
퀭한 모습이 추레하기 그지없었기 때문이었다.
동상백은 그대로 허우적거리는 걸음걸이로 지악천에
게 다가갔다.
"하, 한 가지만 솔직하게 대답해 준다면 다, 다 드리
겠소."
"당신이 대룡상단의 상단주이자, 암상의 주인인 동상

백이라도 되는 모양이지? 그런 걸 조건으로 걸게?"

"…맞소이다. 내가 맞소."

너무나도 쉽게 인정하는 말에 오히려 의심이 생길 정도였다.

하지만 동상백의 핏발이 선 눈을 보면 뭔가 다른 속내가 있는 듯싶었다.

'아직 숨어 있는 놈들도 싸울 생각보단 숨죽이고 있고. 도대체 무슨 생각이지?'

이리저리 머리를 굴려봤지만, 딱히 답을 꺼낼 순 없었다.

"들어보고 결정하지. 대답이 가능하다면 들어주겠지만, 내가 대답할 수 없는 것이라면 어쩔 수 없겠지. 그리고 당신은 여기까지라는 것 역시 잊지 않았으면 좋겠군."

이미 죽음을 각오한 동상백에겐 대답을 해주겠다는 말만 들릴 뿐이었다.

"그, 그… 혹시 원릉에……."

"갔었냐고?"

쉽게 말을 꺼내지 못하는 그의 말을 자른 지악천의 말에 동상백이 핏발이 선 눈으로 끄덕였다.

"마, 맞소."

"갔다 왔지. 불과 한 시진도 안 됐군."

"아아!!! 후령아!!!"

지악천의 말에 동상백은 그대로 무릎을 꿇으며 절규

했다.

원릉에 들렀다는 지악천의 말은 말 그대로 사해전장
을 들렀다는 말로 귀결(歸結)되기 충분했다.

그렇게 절규하던 동상백의 절규가 끝나고 지악천이
입을 뗐다.

"답은 됐나?"

"죽이시오. 이젠 아무 의미도 없으니."

지악천은 사실 동후령이 죽었다는 말을 동상백에게
한 적이 없었지만, 그렇다고 그에게 말을 해줄 이유도
찾지 못했다.

그리고 동상백이 말할 때 그가 나온 전각에 숨죽이고
있는 이들도 대화를 들었는지 살짝 동요하는 기색이 역
력했다.

"암상의 주인인 동상백. 사실 난 당신에게 큰 유감은
없어. 하지만 이쯤 해서 끊어야 하잖아? 그러니까 슬슬
끝내자고. 질질 끌면 귀찮아질 이 악연을."

"……."

지악천의 말에 동상백은 더는 할 말이 없다는 듯이 입
을 굳게 다물고 있을 뿐이었다.

그런 동상백을 보며 지악천이 허리를 숙이며 작게 속
삭이듯 말했다.

"아, 그리고 너무 억울해하지 말라고. 이승을 떠나 저
승으로 가면 당신의 셋째아들이 당신을 기다리고 있을
테니까."

"……!"

휙!

"그…… 읍!!!"

콰드득.

그 말을 들은 동상백은 숙였던 고개를 황급히 들어올리며 뭔가 말을 하려고 했지만, 그보다 빠른 동작으로 그의 입을 틀어막은 지악천이 그대로 그의 목을 꺾어버렸다.

"놈을 어차피 살려줄 생각도 없으니까 아쉽게 생각하지 말라고."

지악천의 손에 꺾인 동상백의 몸이 잠시 꿈틀거렸지만, 금방 잦아들었다.

그리고 지악천은 그대로 숨어 있는 이들이 있는 전각으로 향했다.

어차피 대룡상단과 암상에 대해선 저들과 일 공자인 동후령에게 모조리 캐내도 충분했으니까.

그것이 아니라도 무림맹의 정보수집 능력이라면 찾아내는 건 큰 무리가 없을 테니까 상관없었다.

그렇게 지악천이 전각으로 향하는 순간 강성중이 사해전장과는 다르게 먼저 다가왔다.

어깨에 앞서 빠져나가려고 시도했던 이의 시신을 짊어진 채였다.

"고작 하나 잡은 거야?"

"고작이라니? 저놈들 실력 꽤나 좋았어."

지악천의 말에 강성중이 정색했다.

그런 강성중을 보며 지악천이 가벼운 미소를 지으며 되물었다.

"진짜? 강 형이 버거워할 정도로?"

"…솔직히 그 정도는 아니긴 했지만, 아주 쪼끔?"

아직까지도 대룡상단의 내부에 남아 있던 이들은 자신들이 숨어 있는 전각 앞에 서서 떠드는 지악천과 강성중의 말에 식은땀을 흘렸다.

입술은 바짝 마르기 시작했다.

"근데 말이야. 눈치 더럽게 없지 않아?"

"그러게. 이만큼 했으면 알아서 튀어나와야 하는데 죄인 중에선 가끔 맞아야 하는 이들이 있긴 해."

"그건 그렇지."

우당탕!

"나, 나왔습니다!"

지악천과 강성중의 말을 들었는지 숨어 있던 이들은 전각을 빠져나왔다. 그리고 그런 그들을 보며 지악천과 강성중이 미소를 지었다.

"자, 누가 먼저 말할 거냐?"

이후 지악천은 그들에게 간단하게 필요한 내용만 듣는 것으로 일단락 했다.

아직도 밖에서 대기 중인 상덕 현청의 사람들과 대화를 하는 일이 남아 있기 때문이다.

그래야 그들을 물릴 수 있었다.

"나 밖에서 얘기 좀 하고 올 테니까 적당히. 알지? 흠… 그쪽도 슬슬 움직이는 모양이네."

지악천은 말을 하고 걸음을 옮기는 순간 빠르게 대룡상단으로 향하는 이들의 기척을 느끼고 고갤 끄덕이며 밖을 향했다.

지악천이 자신이 엉망으로 만든 외원을 지나 정문에 모습을 드러내기 무섭게 초조한 기색의 두 포두가 빠르게 그에게 다가왔다.

감 포두가 지악천의 호패를 건네며 말했다.

"아이고! 유명하긴 대(大) 포두님께서 여기엔 어인 일로… 오시게 된 겁니까?"

"별거 아닙니다. 용의자들을 잡으려고 온 겁니다."

지악천은 정말 별거 아니라는 말투였다.

두 포두도 두 눈이 멀쩡했기에 지악천의 뒤쪽으로 대룡상단의 외원이 처참한 수준인데 멀쩡한 그를 보며 다시금 침을 삼켜야 했다.

"…그, 그래서 일은 다 끝내신 겁니까?"

"주요 용의자가 반항해서 목숨은 끊었지만, 다른 관련자들이 있으니 잘 해결될 겁니다."

유독 긴장한 두 포두를 보며 지악천은 가볍게 미소를 지으며 필요 이상의 언급은 하지 않았다.

어차피 그들은 대룡상단의 상단주인 동상백이 죽었다고 한들 안심할 순 없을 테니까.

그렇기에 지악천은 그들에게만 들릴 만한 작은 목소

리로 말을 이어갔다.

"어차피 현청 관계자들이 뇌물을 받은 사실은 묻힐 겁니다. 그 대신……."

지악천은 작게 두 포두에 속삭이며 차후에 대룡상단의 처분이 어떻게 될지 설명했다.

그리고 그런 지악천의 설명을 들은 두 포두는 입을 벌리며 고개를 끄덕였다.

"아… 알겠습니다. 그렇게 전하겠습니다. 지악천 포두님."

전하겠다는 말에 지악천은 속으로 미소를 지었다.

'그래도 말귀를 알아듣는 이가 있긴 하네.'

이런 일에 큰 밥상에 현령이 밥그릇을 밀어 넣는 게 솔직히 이상한 일은 아니었다.

세금이라는 명목도 있고 다른 편의성을 봐달라는 식으로 받는 일도 비일비재했으니까.

하지만 그걸 대룡상단에서 받은 뇌물을 묻어버리는 대가로 쓰는 것이니 불안에 떨게 될 그들에게는 나쁘지 않은 조건이었다.

오랫동안 받아먹은 뇌물이 적지 않기에 괜히 욕심 부리다가 전부 다 제형안찰사사로 끌려갈지도 모를 일이었으니까.

'하지만 결국엔 또 뇌물 받아먹고 형장의 이슬로 생을 끝내겠지.'

지악천은 일반적으로 뇌물을 받는 이들의 일반적인

말로를 잘 알고 있었다.

　뇌물을 받아먹는 것조차도 권력이 있어야 안전을 보
장받을 수 있는 법이었다.

　하지만 그 안전이라는 것도 결국엔 더 큰 권력과 힘으
로 인해서 무너지는 법이었으니까.

池樂天

지
악
천

第四十四章一중재

  적당히 알아들을 만한 수준으로 두 포두에 잘 말해둔 지악천이 다시 대룡상단으로 돌아왔을 땐 강성중이 그보다 젊어 보이는 이와 대화 중이었다.

  대충 들리는 대화만 놓고 본다면 강성중과 안면이 있는 사이 같았다.

  그렇게 그들이 대화하고 있는 곳으로 가자, 둘이 대화를 멈추고 동시에 지악천을 바라봤다.

  강성중과 대화를 나누던 이의 정체는 창정필이 지악천을 감시할 때 같이 있던 모용환이었다.

  "오오오! 반갑습니다! 지악천 포두님. 무림맹에서 나

온 모용환이라고 합니다."

모용환은 지악천을 보자마자 크게 감탄하며 인사했다.

그런 모용환의 환호에 가까운 모습에 지악천은 왜 저리는지 이해하지 못했지만, 애써 그런 감정을 숨기며 웃었다.

"하하. 모용…? 그 '모용세가'가 맞습니까? 이거 제가 대단한 분을 만나게 됐군요."

"아닙니다. 제 소속은 어디까지나 모용세가가 아닌 무림맹이니 괘념치 않으셔도 됩니다."

모용환의 말에 지악천이 살짝 고개를 갸웃거렸지만, 본인이 그러니 그냥 그러려니 했다.

"알겠습니다. 그러면 간단하게 인수인계하면 되는 겁니까?"

"아, 이미 필요한 부분은 이분에게 설명 들었습니다."

모용환의 말에 지악천이 강성중을 바라보자, 그가 고갤 끄덕였다.

"사해전장과 같은 방식으로 처리할 생각이라면 내가 그와 똑같이 처리해달라고 말해놨어."

"아, 그래? 뭐, 그러면 그렇게 하고 저 녀석들의 처분 역시 무림맹에 맡기면 되겠지?"

"어. 어차피 다른 세부적인 것들을 좀 더 파봐야 하니까."

강성중의 말에 지악천이 고개를 끄덕이며 모용환을
바라보며 말했다.

"암상에서 관직에 있는 이들을 대상으로 뿌렸던 뇌물
장부를 찾으시면 저에게 주시겠습니까?"

"아… 예. 그렇게 하겠습니다."

모용환이 강성중을 바라보다가 그가 고갤 끄덕이는
모습을 보며 말했다.

"그러면 저는 이만 돌아가도 될 것 같네요. 뒷일을 부
탁합니다."

그렇게 지악천이 돌아서서 나가려고 할 때 강성중의
전음이 들려왔다.

─난 남아서 조율 좀 하고 돌아갈 테니 먼저 돌아가면
돼.

지악천은 굳이 거부할 이유가 없기에 작게 고갤 끄덕
이며 밖으로 나갔다.

두 포두들에게 말을 해놨으니, 굳이 그들이 무림맹을
상대로 무리수를 두는 일은 없다고 생각하며 빠져나갔
다.

그렇게 지악천이 사라지자, 모용환은 크게 숨을 내뱉
었다.

"와… 사람이 저렇게까지 변했을 줄은 상상도 못 했
는데 말이죠."

"그래도 예상은 하지 않았는가."

강성중이 살짝 핀잔을 주었지만 모용환은 아랑곳하지

않았다.

"예. 뭐, 그렇긴 합니다만. 예상이라는 것도 어느 정도라는 게 있지 않습니까? 그래도 저런 수준은 예상을 뛰어넘는 거 아닙니까. 그러니 예상과는 아주 많이 다른 거죠."

"뭐… 그건 그렇지. 그래도 그가 나름대로 좋은 사람이라는 것은 변하지 않는다. 먼저 건드리는 멍청이가 있지 않은 이상은."

강성중의 말에 모용환은 살짝 뻘쭘한 듯이 뺨을 손가락으로 긁으며 말했다.

"아. 그렇긴 하지만, 어딜 가나 제 잘난 맛에 사는 녀석들은 있는 법이죠. 물인지 똥인지 구별 못 하는 그런 녀석들 말입니다."

강성중 역시 공감한다는 듯이 고갤 끄덕였다.

"아무리 멍청하다고 해도 멍청이들이 굳이 호남까지 찾아오진 않겠지. 영웅호걸이 되겠다고 설치는 멍청이라면 더더욱."

"그렇긴 합니다만, 사실 여기가 중계 지역이나 다름없지 않습니까. 강서와 광서로 넘어가면 사파가 주류인 지역이니 어떤 멍청이가 올지는 모르죠."

자꾸 딴 길로 새는 모용환의 말에 호응하지 않겠다는 듯이 고갤 흔든 강성중은 바로 주제를 바꿨다.

"그 이야기는 됐고. 단에서 얼마나 나오기로 했지?"

"어… 대충 20위부터 100위에 있는 이들 중에 임무 중인 20명을 제외한 모든 인원이 투입될 겁니다."

"흠… 생각보단 많군."

'군사께서 최대한 빠르게 정리하시는 모양이군.'

강성중의 생각처럼 제갈군은 시간 낭비할 생각이 없었다.

물론 이곳이 호남이 아니었다면 무림맹의 4대 집단 중 2곳을 보냈겠지만, 호남이라서 그것 역시 불가능했기에 달리 방법이 없었다.

"그럼, 이곳에 투입될 이들 말고 다른 이들은 각 사해전장과 대룡상단의 지부로 향했겠군."

"예. 숫자가 숫자인 만큼 이미 지역에서 대기 중인 이들이 빠르게 진압하고 있을 겁니다."

"하지만 사파가 자리 잡은 쪽은 건들기 위험할 텐데?"

"이미 군사께서 그 부분도 빠르게 해결하시겠다는 전언이 있었습니다."

강성중이 놀란 듯한 표정을 하며 물었다.

"단 하루 만에?"

그런 강성중의 표정을 보면서도 모용환은 아무렇지 않게 답했다.

"예. 저도 어제 연락받고 이곳에 대기 중이지 않았습니까. 거리가 있는 곳은 시작이 늦긴 하겠지만, 시기만 생각하면 큰 차이는 없을 겁니다."

강성중 역시 그 부분은 동감했다.

은영단이 가진 연락방식은 기존 방식이 아닌 제갈군이 고안한 아주 특이한 방식이라 신속 정확이 생명이나 다름없기 때문이었다.

"일단 우리는 우리의 일을 빨리 처리하지."

"직접 하길 섭니까?"

"이왕이면 내가 해야겠지. 그리고 원릉에도 연락해서 알아낸 정보가 있으면 이쪽으로 전달해달라고 전하게."

"알겠습니다."

모용환은 고개를 끄덕이며 강성중의 말을 전달하기 위해서 움직였다.

강성중은 그대로 마혈을 점혈 당한 채로 기다리고 있는 이들에게 다가갔다.

"이제 다시 해보자고. 누가 더 많이 알고 더 많은 말을 할지 기대하지."

귀를 막아 둔 것이 아니기에 강성중과 모용환의 소속이 무림맹이라는 것은 들어서 알게 된 그들의 눈엔 두려움만 가득했다.

특히 그들이 처음 도망쳤을 때 마주했던 강성중의 눈빛은 이제까지 그들이 마주하지 못한 부류의 것이었기에 그 두려움은 더없이 커진 상태였다.

같은 시각.

무림맹의 군사전에서는 계속해서 날아오는 소식을 빠

지악천 240

르게 정리하고 확인 중으로 아주 바쁜 상황이었다.

─산동, 산서, 섬서, 하남, 하북, 안휘까지 현재 정리됐다는 소식입니다.

은영단주의 전음에 연신 빠르게 붓을 놀리던 제갈군이 한숨을 내쉬었다.

"후……. 괜히 받은 건가?"

물론 후회하진 않았다.

이번 일로 무림맹은 큰 자금줄을 잡은 셈이니까.

그렇지만, 바빠도 너무도 바빴다.

각지에 퍼진 사해전장과 대룡상단의 지부들을 정리하려면 다른 업무들을 일시적으로 중지해야만 할 정도였다.

그리고 다시 은영단주의 전음이 울렸다.

─청해, 사천, 광서, 중경, 감숙도 정리됐다고 합니다.

─현재까지 정리한 수는?

─정리된 지부는 파악된 곳은 총 1736곳 중에 1300여 곳으로 파악되고 있습니다.

'더럽게 많긴 하군. 하긴, 2곳이 어쩔 수 없는 건가.'

한편으로는 암상의 주인이자, 대룡상단의 주인이었던 동상백의 상재(商材)에 감탄할 수밖에 없었다.

다시 보기 힘들 정도로 공격적인 투자와 확장을 통해서 빠르게 성장했으니까 말이다.

'만약 그가 현재에 안주하고 더 숨었다면 암상의 존재

를 이렇게 쉽게 처리하지 못했을지도 모르지.'

물론 암상이 무림맹에 암적인 존재였다면 빠르게 정리했겠지만, 그들은 최대한 무림과 거릴 두려고 했던 곳이기에 놔둘 수밖에 없었다는 이유도 있었다.

'사실싱 빚을 지워놓은 게 아니고 더 큰 빚을 진 셈인가.'

그렇게 생각하던 제갈군이 전음을 날렸다.

—그가 원하는 것이 있다면 그것을 최우선으로 놓고 진행하게. 그의 뜻대로 해도 우리가 손해 볼 일은 없을 테니까.

—알겠습니다. 그리 전해놓겠습니다.

"후……."

'역시 그때 붙잡았어야 했나?'

제갈군은 새삼스럽게 자신의 조카와 지악천을 엮었으면 하는 생각을 다시금 떠올렸지만, 이내 다시 고갤 흔들며 그 생각을 부정했다.

'상대가 무림인이 아닌 이상… 강제성을 부여한다는 것은 아무 의미도 없겠지. 서로가 좋아한다면 몰라도 거기다 지금은 힘으로 어떻게 할 수 있는 상대도 아니고.'

그렇게 생각을 정리한 제갈군은 자신의 손에 들린 붓을 다시금 빠르게 놀렸다.

    *   *   *

상덕에서 출발한 지악천이 가는 방향은 남악이 아닌 장사(長沙)였다.

일단 일을 저질렀으니 수습을 해야겠기에 제형안찰사 사로 찾아가는 것이었다.

본래라면 도지휘사사 또는 승정포정사사를 먼저 들러야 하겠지만, 이왕이면 그나마 자신과 연이 있는 안찰사에게 먼저 말을 해둘 생각이었다.

'도지휘사는 조금 마음에 걸리기도 하고 말이지.'

장사에 고작 반 시진도 채 걸리지 않은 채로 도착한 지악천은 곧장 제형안찰사사로 찾아갔다.

하지만 당연하게도 입구에서 제지당했다.

지악천은 자신의 호패를 건네면서 안찰사를 뵙기 원한다고 했지만, 출타 중이라는 말에 결국 또 황창주를 찾아갈 수밖에 없었다.

"그렇다면 황창주 교관님은 계시오?"

이미 기감으로 황창주가 있다는 사실을 인지했지만, 절차상 물어봐야 했다.

그런 지악천의 물음에 그들은 고갤 갸웃거렸다.

"황창주 교관님? 그분을 왜 찾는 겁니까?"

안찰사를 만나길 원했던 그가 갑자기 다른 이를 호명하자, 지악천을 이상하게 바라봤다.

그리고 지악천의 호패를 확인했으면서도 그가 누구인지 잘 모르는 거 같았다.

"…일단 안에 계신다면 기별이나 넣어주시면 되오. 그 호패에 적힌 대로 남악 현청의 포두 지악천이라고 하면 아실 테니까. 그것도 힘들다면 부도종, 청만후 두 부교관 분들이라도 상관없소."

지악천은 그들의 일을 잘 이해하고 있었기에 굳이 길게 입씨름할 생각은 없었다.

오히려 그들은 자신들의 일에 최선을 다하고 있을 뿐이었다.

그들은 연관이 없을 듯한 젊디젊은 포두가 어떻게 그들을 알고 있는지 의문이었지만, 자신들의 일은 신분 확인이지 취조가 아니었기에 일단 안으로 들어갔다.

잠시 후에 청만후로 느껴지는 이가 다가오는 것을 느낄 수 있었다.

"비키거라. 손님을 계속 세워둘 순 없는 노릇이니."

"오랜만에 뵙습니다. 청 부교관님."

"음? 자네… 아주 많이 달라졌군."

인사하는 지악천을 보며 청만후는 그가 자신을 뛰어넘었음을 깨달았다.

물론 그게 화경이라는 것은 짐작하지 못했다.

단순하게 지악천이 자신과 동등하거나 윗줄에 올라섰을 것으로 봤기에 수준을 가늠하지 못한다고 가볍게 생각할 뿐이었다.

"일단 들어가지. 그리고 이건 주인에게 돌아가야겠지."

청만후는 가볍게 호패를 그를 향해서 던졌고 지악천은 그것을 가볍게 받아냈다.

"오호……."

청만후는 그저 가볍게 호패를 튕겨내기만 한 것이 아니었다.

혹시나 몰라 상당량의 내공을 담아서 던진 것이었는데 그것을 아주 가볍게 받아내는 모습에 인정해야 했다.

지악천이 자신보다 무위가 윗줄에 있다는 것을.

물론 작년에 부도종에게 지악천의 무위가 상당히 상승했다는 말을 듣긴 했지만, 이 정도 일 줄은 몰랐다.

그렇게 호기심을 일단락 한 청만후가 가볍게 미소를 지었다. 그리고 그의 미소를 본 지악천도 미소를 지었다.

앞서 청만후가 무슨 의도를 가지고 그랬는지 충분히 이해할 수 있었기 때문에 이런 일로 감정이 상할 정도는 아니었다.

그리고 지악천의 입장에선 청만후의 행동은 애들 장난이나 다름없었기도 했으니까.

그렇게 청만호의 뒤를 따라서 움직이는 사이에 그가 지악천에게 물었다.

"고작 1년여 사이에 많이 달라졌군. 물어봐도 되겠나?"

"굳이 말하지 못할 것도 없습니다만, 어차피 다른 분들도 물어보실 것 같으니 그때 가서 한 번에 말하는 게 낫지 않겠습니까."

청만후는 자신이 성급했다는 걸 인지했다.

"아. 그게 또 그렇게 되겠군. 지금 말하면 후에 또 같은 말을 다시 해야 할 테니까. 알겠네. 그 궁금증은 그때로 미루도록 하지."

"이해해주셔서 감사합니다."

"아닐세. 내가 생각이 짧았던 거지."

지악천의 말에 청만후는 자신의 잘못이라고 하며 걷는 속도를 조금 올렸다.

자신이 생각해도 민망한 모양이었다.

지악천은 청만후를 따라서 몇 번이나 와봤던 연무장에 도착할 수 있었다.

"황 교관님에게 인사부터 하시게나."

"예."

연무장에서 창을 휘두르며 열정적으로 가르치고 있는 황창주에게 다가갔다.

"왔는가? 자네…… 설마?"

황창주의 물음에는 여러 가지가 담겨 있을 수 있겠지만, 그 말에 담겨 있는 의문에 가장 가까운 것은 지악천의 무위였다.

"예. 운이 좋아. 대단한 분들의 가르침을 받을 수 있어서 가까스로 닿을 수 있었습니다."

"허… 어마어마한 분들이겠군. 천하십오절은 아닐 것이고 설마… 우내삼성(宇內三聖)인가?"

"무왕과 신승. 두 분이 도움을 주셨습니다. 혹 아십니까?"

지악천의 되물음에 황창주가 과거를 회상하는 표정으로 말했다.

"하하. 모를 수가 있겠나? 특히 신승은 궁에 있을 때 멀리서나마 뵀지. 대단했다네. 그런 분이 자네에게 도움을 주었다니… 설마 자네 관직을 그만둔 건가? 아니면 그만둘 셈인가?"

황창주의 물음에 지악천은 가볍게 고갤 저었다.

"그럴 리가 있겠습니까? 아직 현청에서 일하는 중입니다. 먼 나중이라면 아직은 계속 포두로 남을 생각입니다."

후에 그만둘 수도 있다는 말에 황창주는 그럴 줄 알았다는 듯이 고갤 끄덕였다.

"하긴, 자네의 수준에 걸맞은 위치도 아닌데 계속해서 붙잡을 순 없지. 당장이라도 황궁에서 모셔가야 할 수준이니."

"과찬이십니다."

"허! 이 정도를 가지고 과찬이라고 하는가? 자네의 나이가 지금 당장 불혹도 아니지 않은가. 그런 사람이 벌써 화경에 닿았으니 그 너머인 현경도 가능할지 모르지 않겠는가. 현 천하십오절의 나이를 생각하면 더더욱 가장 가능성이 높은 건 자네겠지. 어쩌면 그들보다 더 빠르게 위를 볼 수도 있고."

지악천이 황창주와 계속 대화를 나누는 사이에 어느새 청만후의 곁에 다가온 부도종은 살짝 얼이 빠진 듯한 청만후에게 말을 걸었다.

"거봐. 넌 내 말을 믿진 않았지만, 난 지 포두가 저렇게 날아오를지 알았다니까."

"…알긴 했지. 근데 저 정도라곤 생각 못 했지."

"하긴, 넌 그때도 믿지 않았으니까. 근데 신기하긴 하다. 저게 말로만 듣던 반박귀진(返朴歸眞)이라는 거잖아?"

"그렇지. 아……."

부도종의 말에 청만후가 동감을 표했다.

몇 번이고 봤던 지악천이기에 이상하게 생각하지 않았는데 알고 보니 반박귀진이라는 생각이 들자, 아까 자신이 했던 행동이 참으로 멍청하게 느껴졌다.

그렇게 청만후가 이전의 행동에 반성하고 있을 때 대화를 마친 지악천과 황창주가 그들에게 다가왔다.

"연무장을 비우고 자네들이 직접 접근하지 못하게 막게나."

황창주의 말이 무슨 뜻인지 알아들었는지 부도종과 청만후가 연무장에서 여전히 창을 휘두르고 있는 이들에게 다가가 해산시키고 빠르게 그들을 내보냈다.

"내보냈습니다."

지악천

"그러면 자네들은 아까 말했듯이 다른 이들의 접근을 막게나. 지 포두와 가볍게 손속을 나눠볼 요량이니."

"……알겠습니다."

그들은 말을 하면서 자연스럽게 지악천에게 시선을 옮겼다.

그들의 시선에 담긴 어떤 감정을 읽은 지악천이 가볍게 고개를 끄덕였다.

연무장의 중심으로 이동한 황창주가 먼저 말을 꺼냈다.

"사실 말은 가볍게라 했지만, 그래서는 의미가 없겠지. 제대로 해주게나. 그래야 나나 자네나 도움이 될 테니까."

"그렇게 하겠습니다."

"좋아. 몸을 풀어야 하나?"

"아닙니다. 이미 충분히 풀고 왔습니다."

사해전장과 대룡상단을 쓸어버렸는데 몸이 풀리지 않았다면 그 웃긴 일이었다.

연무장의 중심에 있던 둘이 거리를 어느 정도 벌렸다.

―누가 이길 거 같아?

청만후를 향한 부도종의 전음이 울렸다.

―객관적으로 단순하게 무위만 따진다면 지 포두겠지. 하지만 변수가 생긴다면 황 교관님에게도 가능성은 충분하겠지.

―변수? 경험?

―그렇겠지.

청만후의 말이 끝나기 무섭게 떨어졌던 지악천과 황창주가 움직이기 시작했다.

휘익! 쾅!

지악천과 황창주가 움직이는 순간 둘의 모습이 흐릿해지다가 중앙에서 주먹이 아닌 전완을 부딪쳤다.

큰 소리가 울렸지만, 둘 다 한 치의 물러섬 없이 버티고 있었다.

객관적이든 주관적이든 육체적인 모든 면에서 지악천이 황창주보다 월등하게 앞서는 건 분명한 사실이었다.

부딪혔던 둘이 떨어지자, 황창주가 크게 호흡을 내쉬었다.

"후. 진정으로 대단해. 단 한 번 부딪혔을 뿐인데 뼈마디가 울리는 느낌은 정말 십 수 년 만에 느껴본 느낌이군. 확실히 이전과는 차원이 달라졌어."

무게 중심부터 시작해서 속도, 힘. 어느 것 하나 소홀함이 없는 지악천의 모습에 황창주는 감탄하지 않을 수가 없었다.

근 1년 동안 무왕에게 시달렸는데 그런 세세한 부분까지 늘지 않았다면 그것이야말로 무왕의 이름에 먹칠하는 셈이라고 할 수 있었다.

이번엔 동시에 움직이는 게 아니라 황창주가 먼저 검을 뽑아 들고 달려들었다.

지악천은 반대로 검을 뽑아 들지 않고 거리를 좁히는 황창주를 바라봤다.

화경에 오른 뒤부터 제공권이 더 넓어졌고 반응속도는 더욱 빨라져서 베이지 않을 자신이 있었다.

휙! 휙! 휙!

빠르고 간결하게 휘두르는 황창주의 검을 지악천은 그저 뒤로 한발 물러서기만 하는 것이 아니라 몸을 틀면서까지 피해냈다.

이어 지악천은 빠르게 황창주의 검에 맞춰서 자신의 제공권을 수정해나갔다.

휙! 쐐액! 휙!

지악천의 의도를 아는지 모르는지 황창주는 계속해서 상하좌우 방향을 가리지 않고 검을 휘둘렀다.

황창주의 그런 모습은 어찌 보면 무의미할 수 있어 보일 수도 있겠지만, 실제론 단순히 지악천만 좋은 게 아니었다.

거리가 부족한 만큼 황창주 역시 검로를 바로바로 수정할 수 있었기 때문에 누가 이득을 더 많이 봤다는 것 자체는 무의미했다.

이건 그저 단순하게 맞냐 맞지 않냐의 싸움이었다.

계속해서 황창주의 검을 피해내고 있는 지악천이 끝까지 피해낸다면 그것만으로 승패가 갈릴 수 있다는 말이었다.

계속해서 자신의 검을 여유 있게 피해내는 지악천을

보며 황창주는 기분 나쁠 만도 했지만, 그의 표정은 전혀 그렇지 않았다.

오히려 기쁨이 가득했다.

윗선과 동료의 정치로 인해서 이곳 장사로 거의 쫓겨나다시피 했던 황창주는 오랜 시간 정체했고 벽을 마주하고서 좌절했기 때문이었다.

그렇게 정체됐던 상황에서 급속도로 성장해서 자신을 뛰어넘어버린 지악천의 존재는 황창주에게 한 줄기 빛이나 마찬가지였다.

그리고 황창주의 표정을 본 지악천 역시 태세를 바꾸지 않았다.

황창주의 표정이 몹시도 밝았기에 자연스럽게 맞춰주기 시작했다.

쉼 없이 검을 휘두르는 황창주의 검을 여유롭게 피해낼 뿐이었다.

그 모습을 지켜보는 부도종과 청만후의 눈도 웃고 있었다.

―황 교관님의 저 표정 정말 오랜만에 보는 거 같다.

―그러게. 난 저 표정을 영영 못 볼 줄 알았는데.

―제대로 자극받으셨네.

―그래도 저런 모습이라도 볼 수 있으니 다행이다.

그들이 전음으로 두런두런 얘길 나누고 있을 때 검을 든 황창주의 자세가 변했다.

지악천이 무왕과 신승에게 배울 당시, 상대가 들고 있

는 무기도 무기지만 항상 발을 먼저 보라고 말을 하곤
했었다.

'무게 중심이 낮아졌다. 중검(重劍)인가?'

직전까지는 속도를 위주로 한 쾌검이라면 지금은 힘
을 쓰려는 모양이었다.

하지만 사실 중검은 황창주의 근간이 되는 검법이었
다.

이 자리에 있는 4명 중 지악천만 그 사실을 모를 뿐이
었다.

후우웅!

바람을 가르는 게 아니고 부수는 듯한 소리가 울렸다.

지악천은 바로 허리를 꺾고 손으로 땅을 짚으며 뒤로
물러섰다.

'후유!'

단 한 번이었지만, 중검이라고 믿기 힘들 정도로 이전
보다 빨랐다.

하지만 속도를 별개로 두고 소리로만 판단한다면 분
명 중검이 틀림없었다.

놀란 기색이 역력한 지악천을 보며 황창주가 웃었다.

"하하. 놀랐는가? 본래 중검이 주력이라네. 긴장하시
게나."

황창주의 다소 장난스러운 경고에 지악천은 긴장감을
끌어올렸다.

후우웅! 후웅!

황창주의 중검은 상하좌우 사선까지 가리지 않았다.

거기다 철저하게 군의 검법에 가까우면서도 황창주 스스로가 다듬어 와서 그런지 큰 빈틈을 찾을 수 없을 정도의 완성도를 가지고 있었다.

그런 모습을 보니 그가 내비친 자신감을 인정할 수밖에 없을 정도였다.

거기다 황창주 역시 적잖은 내공을 가졌기에 이 중검에 내공을 섞으면 그 파급력은 대단할 거라는 생각이 절로 떠오를 정도였다.

'슬슬 부딪혀 봐야겠다.'

그저 피하기만 하기에는 체감하기 어렵기에 결국 지악천이 검을 뽑아 들었다.

태앵!

'무겁다.'

아무리 내공을 전혀 쓰지 않았다지만, 환골탈태하고 무왕에게 이골이 날 정도로 굴려진 지악천이 그와 검을 부딪치는 순간 느낀 솔직한 감상이었다.

거기다가 만약 지금 들고 검이 무왕에게 받은 검이 아닌 이전의 검이었다면 부러지거나 휘었을 가능성이 높아 보였다.

'천만다행이네.'

황창주의 중검에서 느껴지는 묵직함은 지악천에게 새로움을 주었다.

거기다 아직 완전히 체득하지 못한 천하오절(天河五

絕)을 이해하는데 많은 영감을 받게 했다.

'단순하게 중의 묘리만 펼친다는 느낌보다 중심을 잡고 움직인다고 보는 게 정확하구나.'

이제까지 익혀왔던 검술과 다른 천하오절의 특이함을 좀처럼 이해하지 못했지만, 황창주의 덕분에 많은 것을 깨달을 수 있을 듯했다.

그렇게 중검을 펼치는 황창주를 상대로 지악천은 천하일절의 강(强), 유(流), 탄(彈)으로 반격을 시작했다.

지금 당장 지악천이 황창주를 상대로 가장 수월하고 자연스럽게 풀어낼 수 있는 초식은 천하오절 중 천하일절뿐이었다.

쾅!

둘 다 내공을 싣지 않은 검의 부딪힘이라고 생각하기 힘들 정도의 폭발음에 가까운 소리가 멀리 떨어진 부도종과 청만후의 귓전에 울릴 정도였다.

그 후 지악천의 검은 곧바로 다른 힘을 담고 펼쳐졌다.

태애앵!

직전에는 강의 묘리를 담은 힘이었다면, 이번에는 탄의 묘리로 재차 휘둘러 오는 황창주의 검을 튕겨내는 것에 그치지 않고 밀어냈다.

'분명 하나의 초식 같은데 묘리가 다르다?'

당연히 그렇게 느낄 만했다.

실제로 그랬으니까.

끼리릭!

이번에는 무겁게 밀고 들어오는 황창주의 검을 지악천의 검이 부드럽게 받아내면서 밀어냈다.

"허참……."

황창주로서는 당혹스러웠다.

일반적으로는 하나의 초식에 하나의 묘리를 담기 마련이었다.

그런데 분명 하나의 초식에 개별로 펼치긴 했지만 벌써 3개의 묘리를 보여주고 있었으니 색다른 경험을 하는 셈이었다.

하지만 그것을 이상하게 생각하진 않았다.

황궁에 있는 무공만 수십만 권이 있을 정도인데 이런 무공 저런 무공은 언제든 나올 수 있었으니까.

'정말 여러모로 많은 걸 보고 느끼는 시간이 되겠군.'

그렇게 황창주는 자신이 평생을 수련해온 중검을 다시금 펼쳐나가기 시작했다.

그런 황창주에 지악천은 계속해서 천하일절의 강, 유, 탄으로 대응하다가 변화를 주기 시작했다.

변화의 시작은 천하이절(天河二絶)의 쾌(快), 허(虛), 환(幻)이었다.

휘리릭!

'검세가 변하고 있다?'

황창주는 자신의 중검에 대처하던 지악천의 검세가 변하는 모습에 맞춰 대처하려고 했지만, 그 속도가 자신의 예상 이상의 것이었다.

팟.

그 결과 지악천의 검을 제대로 밀어내지 못하고 옷깃이 잘려나갔다.

한 치만 더 들어왔다면 피를 봤을 것이 분명할 정도였다.

이번에는 지악천이 물러선 황창주를 향해서 먼저 검을 휘둘렀다.

환의 묘리를 담으려면 방어보다 공격이 어울린다는 판단이었다.

이전에 동후령을 상대로 펼쳤던 방식이 황창주의 앞에 다시금 펼쳐지기 시작했다.

지악천의 검이 움직이는 순간 수십 개의 검이 주변에 동시가 아니라 미세한 시차를 두고 움직였다.

그것을 마주하고 있는 황창주가 제일 먼저 한 것은 뒤로 물러나는 것이었다.

'어차피 내공을 싣지 않는 이상 진짜는 하나인 법!'

지악천 역시 황창주가 그러한 선택을 할 것이란 것을 이미 알고 있었다.

'역시나.'

지악천은 앞서 환의 묘리를 무왕에게 몸으로 맞아가며 배울 때 처음엔 자신 역시 그렇게 반응했기에 그 반응의 허점도 이미 알고 있었다.

황창주처럼 행동했다가 무왕에게 당했으니까.

수십 개의 검이라곤 하지만 내공이 실리지 않았기에 분명 실체는 하나뿐이었다.

이것이 맹점이었다.

왜 단 하나만 진짜라고 생각할까.

진부 다 기찌일 확률도 분명 존재하는데 말이다.

그리고 이것이 하나의 씨앗이 되는 셈이기도 했다.

있다고 생각했던 것이 사라지고 그 이후에 다시 존재한다면 그만큼 머리 아픈 것이 어디 있겠는가.

거기다 지악천은 허의 묘리까지 섞어서 비워버렸다.

"음?!"

황창주의 눈엔 지악천이 펼친 천하이절의 환의 묘리로 생겨난 진짜처럼 보이는 가짜들이 일순간에 존재감이 사라졌다.

물론 그가 찾으려고 했던 진짜까지도 감쪽같이.

하지만 그런 당혹스러움을 계속해서 느끼고 있을 시간이 없었다.

존재감이 있든 없든 당장 지악천의 검이 자신을 향해서 날아들고 있었다.

그런 상황에서 황창주는 선택할 수밖에 없었다.

'전부 다 진짜라고 생각하고 쳐내는 수밖에!'

결정을 내린 그가 다시금 보폭을 늘리고 중심을 낮게 잡으며 검파를 쥐고 있는 손아귀에 힘을 줬다.

언제라도 출수할 수 있는 자세를 잡고서 자신의 제공권에 들어서는 걸 전부 쳐낼 기세였다.

하지만 막상 자세를 잡았음에도 허무하게도 전부 다 사라졌고 지악천은 출수했던 자리 그대로 서 있었다.

"……."

그제야 지악천에게 당했다는 걸 깨달았다.

'정말… 까마득하게 올라섰구나.'

내공과 별개로 육체 능력까지 자신을 훌쩍 뛰어넘었다는 걸 체감할 수밖에 없었다.

"이만하면 됐네. 그만하지. 충분하니."

황창주의 갑작스러운 말에 지악천은 살짝 아쉬웠지만, 체념한 듯하면서도 만족스러운 듯한 그의 표정을 보고 이해했다.

"고생하셨습니다."

지악천이 검집에 검을 넣으며 황창주와 함께 자릴 옮겼다.

"대단하군. 정말 대단해. 하지만 한편으로 아쉽군. 자네 같은 인재가 언젠가는 떠난다는 것이."

"……."

지악천이 지금까지 달려온 것은 오롯이 혈인 때문이었다.

그래서 그 이후에 미래를 그리지 못하고 있었다.

그 일이 끝난 후의 일은 솔직히 그때 가봐야 한다고 생각했기에 모호한 말로 답했지만, 황창주는 지악천이 후에 그저 그만둘 것으로 생각한 모양이었다.

'뭐, 상관없겠지.'

연무장을 벗어나자 부도종과 청만후가 다가왔다.

그들의 얼굴에서 묘한 뿌듯함이 엿보였다.

하지만 정황상 황창주가 졌다고 보였기에 말을 아꼈다.

"일단 지네는 안찰사님을 뵙길 원한다고 했으니 그때 가서 얘길 들어야 하나? 아니면 따로 말을 하겠나?"

"이왕이면 알고 계시면 더 도움이 될 것 같네요."

그렇게 오늘 사해전장과 대룡상단을 정리한 이야기와 암상을 정리했다는 말을 다 하고도 지악천이 안찰사를 마주한 것은 다음 날이었다.

지악천이 황창주와 손속을 섞고 있던 시각.

무림맹과 거래를 하는 이들 중 5대 상단에 들어가는 만상보(萬商堡)와 금화상련(金花商聯)은 제갈군이 보내온 서신을 받아서 각기 만상보와 금화상련의 중요인물들이 모인 상황이었다.

"사해전장과 대룡상단이 아, 암상이라니? 이, 이게 진짜입니까?"

살짝 떨리는 목소리의 중년인의 말에 그의 반대편에 있던 젊은이가 고갤 흔들며 말했다.

"무림맹에서 저희에게 거짓말을 하겠습니까? 그리고 그 소식을 듣고 곰곰이 생각해봤는데 확실히 그런 정황 자체는 있었습니다. 물론 전장과 상단이 서로 협조해서 상부상조하는 게 그리 이상한 일은 아니었지만, 유독 사해전장은 대룡상단에 호의적이었습니다."

"그렇지만!"

젊은이의 말을 다시 반박하려고 했던 중년인의 말을 젊은이의 옆자리에 앉아 있던 이가 끊었다.

"자자, 최 부보주. 진정하시게 대상이. 너도 자중하거라."

"죄송합니다. 련주님."

"죄송합니다."

그들의 말에 련주라 불린 이가 중년인의 옆에 정확히는 자신의 앞에 앉은 이를 바라봤다.

"일단 그렇다면 장 보주님께선 어떻게 생각하십니까?"

그렇게 보주라 불린 이가 오른손으로 턱을 쓰다듬으며 고민스럽다는 표정으로 말했다.

"흠… 일단은 저도 소련주의 말이 일리가 있다고 봅니다. 만상보다 금화상련이나 무림맹과 오랫동안 거래를 해왔는데 그들이 굳이 저희를 흔들어 볼 이유가 없죠. 더군다나 암상이라니, 저희도 꼬리를 잡기 위해서 오랫동안 노력했지만, 헛수고로 끝나지 않았습니까."

"그렇지요. 그리고 암상이라는 존재와 사해전장과 대룡상단이 연관이 있을 거라는 사실은 꿈에서조차 상상 못 했지요."

그런 보주와 련주를 보던 련주의 아들인 방대상이 끼어들었다.

"이렇게 된 거 일단 무림맹의 인수 제안은 하되 조사를 겸하시지요. 그러면 확실하지 않겠습니까."

"네 말이 맡긴 하다마는… 그것이 듣기에 따라 무림맹을 무시하는 처사가 될 수 있다는 것을 명심해라."

"하지만 무림맹의 군사인 제갈군이라는 분은 꽤나 현명하신 분이라고 명성이 자자하니, 저희의 입장을 충분히 헤아리고 계시지 않겠습니까. 그러니 인수 조건을 타진하는 사이에 저희도 조사해도 되지 않겠습니까. 만상보와 저희의 정보력을 늦어도 열흘 이내에 끝냈을 수 있을 겁니다."

'거기다 만상보의 정보력을 제대로 확인할 수 있을 거고.'

물론 그런 과정은 금화상련이 가진 수준 또한 확인시켜야 한다는 사실을 제대로 인지하고 있었다.

그런 방대상의 말에 만상보의 보주는 나름대로 일리가 있는 말이라고 생각했는지 고갤 끄덕였다.

"방 소련주의 말 또한 일리가 있소이다. 하지만, 그것은 결국 무림맹이 그만한 시간을 줄지 안 줄지의 차이겠구려. 방 련주님, 저는 아드님의 제안이 마음에 듭니다. 어차피 우리가 이런저런 이야기를 나누는 지금도 시간은 흐르고 있지 않습니까."

"그렇지요. 결국 이 시간에도 황금 같은 시간은 흐르고 있으니 일단은 이 녀석의 말대로 하시고 다음에 더 논의하지요. 특히 사해전장과 대룡상단에 대해서요."

결국 가장 중요한 부분은 무림맹의 손에 넘어간 사해전장과 대룡상단을 사이좋게 나눠 먹든가, 혼자 먹든가 둘 중 하나겠지만, 냉정하게 본다면 2곳을 동시에 먹는 것은 현실적으로 불가능한 이야기라고 할 수 있었고 절대로 지금 당장 결정할 수 있는 부분이 아니었다.

양측 다 비슷한 생각을 가지고 자리가 빠르게 마무리됐다.

그렇게 금화상련의 련주와 그의 아들이 먼저 자리에서 일어나서 방을 나가자, 만상보 보주가 부보주를 바라봤다.

"각지에 전서를 날려서 사해전장과 대룡상단을 지부를 포함해서 암상과 어떤 연관이 있는지 철저하게 조사하라고 지시해. 그리고 조사할 때 금화상련과 협조하라고. 그리고 호남에 사람을 보내서 사해전장과 대룡상단이 어떻게 됐는지 조사하라고 전해. 애초에 이건 무림맹의 방식이 아니야. 특히 제갈군. 그 사람이라면 절대로 이런 식으로 안 하니까."

"하, 하지만!"

"뭐가 또 하지만이냐? 내가 그놈의 하지만 좀 하지 말라고 그렇게 말했는데!"

"아, 아니! 형님. 그래도 이상하지 않습니까."

"그러니까 그 이상한 부분을 조사하라고! 어이구! 이런 놈을 부보주 앉힌 내가 등신이지!"

보주인 장금소는 답답하다는 듯이 가슴을 두드리는

듯한 시늉을 했지만, 그는 잘 알고 있었다.

평생 의심병을 가지고 살아왔던 부보주인 만큼 더 확실하게 조사할 것이란 사실을.

그리고 먼저 빠져나간 금화상련 역시 만상보와 크게 다르지 않았다.

"넌 돌아가서 바로 전서 띄우고 난 바로 무림맹으로 가겠다. 제갈 군사와 얘길 해봐야겠다. 그리고 이번 건은 전부 너에게 맡길 테니 제대로 해라. 어차피 둘 중 하나만 욕심내야 하는 상황이니 최고의 선택으로 결과물을 가져오도록."

련주인 방만공의 말에 소련주인 방대상의 얼굴에는 자신만만함이 가득했다.

"믿음에 결과로 보답하겠습니다. 련주님."

지악천이 전날 황창주에게 암상을 정리했다는 이야기를 했을 때 그 자리에 같이 있었던 부도종과 청만후는 놀란 모습을 감추지 못했다.

그만큼 지악천의 암상을 정리했다는 말이 충격적인 모양이었다.

그리고 지금 안찰사도 같은 그들과 같은 반응을 보였다.

"지, 진짜인가?"

지악천의 말에 두 눈을 크게 뜬 안찰사가 재차 되물었다.

벌써 세 번째였다.

"예. 그 과정에 무림맹의 도움을 받긴 했지만, 일단 암상은 정리했습니다. 그리고 각지에 퍼져 있는 사해전장과 대룡상단의 지부들은 무림맹에서 정리해주기로 했습니다."

"허… 아니, 그런 중요한 일을… 그렇군. 쉽게 말을 꺼내기 어려웠겠지."

안찰사는 말을 하다가 일전의 일을 떠올리니 지악천의 행동을 이해할 수밖에 없었다.

그런 일이 있는 상황에서 선뜻 맡길 수가 없었다는 부분을 인정할 수밖에 없었다.

신뢰하지 못하는 윗선에 어찌 보고하겠는가.

결국엔 더 윗선 아니면 자신의 능력으로 해결해 보는 수밖에.

"정말 힘이 없어 미안하네."

"아닙니다. 당시에는 안찰사님이 억지로 하기 힘드셨다는 건 잘 알고 있습니다."

"그렇게 생각해주니 고맙네. 그건 그렇고 그들의 장부는 어쩔 셈인가? 설마 무림인들에게 맡길 생각은 아니겠지?"

"저도 그 부분은 안찰사님과 대동소이합니다. 다만……."

지악천이 말을 흐리자 살짝 마음이 급해진 안찰사가 채근했다.

"괘념치 말고 하게나. 자네가 무슨 생각으로 그렇게 했는지는 충분히 이해하고 있으니까."

"이해해주신다니 감사합니다. 그 장부는 제가 가지고 있을 생각입니다."

"뭣이?! 그, 그걸 자네 왜?!"

"제 손에 있는 게 가장 안전하기 때문입니다."

지악천이 말을 하면서 아직 말을 하지 않고 있던 황창주를 바라보자, 안찰사 역시 그를 바라봤다.

"안찰사님. 이 부분은 지 포두의 말이 맞습니다. 저 또한, 지 포두를 이길 수 없고 당장 호남에서 지 포두를 이길 수 있는 사람은 없을 겁니다."

"에?!"

황창주의 말에 안찰사의 표정에선 마치 '그건 또 무슨 개소리냐?'라는 듯한 느낌이 물씬 풍겨왔다.

"제 명예를 걸고 말할 수 있습니다. 지 포두가 전력을 다한다면 저는 얼마 버티지도 못할 겁니다. 그리고 앞서 말하지 않았습니까. 지악천 포두가 홀로 사해전장과 대룡상단의 본단이 있는 원릉과 상덕을 쳤다고 말입니다. 지 포두를 제외한 중원에 있는 어느 포두가 그만한 무위를 가지고 있겠습니까. 그것도 반나절 만에, 그런 것은 저조차도 불가능한 일입니다."

"아, 아니… 무림맹의 힘을 빌렸다고 했지…….."

안찰사가 자신의 말을 곡해한 것으로 보이자, 지악천이 바로 정정했다.

"저는 분명 '뒤처리'를 맡겼다고 했습니다. 안찰사님."

"······."

안찰사는 자신의 말을 굳이 정정까지 하는 지악천을 노려보려다가 빠르게 황창주가 방금 했던 말을 떠올리곤, 결국 침묵했다.

하지만 그런 안찰사의 감정까지 읽어낸 지악천이 고개를 숙였다.

"불쾌하셨다면 죄송합니다. 안찰사님."

"커흠! 아닐세. 아무튼, 자네의 생각은 잘 알고 있고 이해도 할 수 있네. 하지만! 파급력을 생각해야 하지 않겠는가."

"맞습니다. 해당 장부가 불러올 파급력. 그렇기 때문에 제가 가지고 있을 필요가 있다는 겁니다. 만약 안찰사님이 가지고 계시다가 윗선에서 가져오라고 하시면 거부하실 수 있습니까?"

"······."

"뭐, 저는 반반이라고 봅니다. 그 윗선이 안찰사님이 따르는 방향이라면 윗선에서 하라는 대로 따르시겠지만, 아니라면 그들의 비위만 발췌해서 처리하실 수도 있죠. 그런 게 정치 아니겠습니까. 또는 안찰사님이 장부를 가지고 있음으로써 안찰사님의 힘을 강하게 만들 수도 있겠지요. 하지만 그 과정에 분명 적이 생길 겁니다. 심하면 살수라든가 자객이 오는 경우도 생기겠지요. 물론 그것 말고도 다른 방법은 있다는 것은 저보다 잘 아시겠지만, 공공의 적을 없애는 방법은 무궁무진합니다.”

지악천의 말에 안찰사의 눈이 가라앉았다.

자신이 너무 장부 때문에 흥분했다는 걸 인지한 모양이었다.

“그래서?”

“하지만 저는 다릅니다. 일개 포두이며, 언제든지 이 자리를 내려놓을 수 있습니다. 그리고 그 누구에게도 장부를 빼앗기지 않을 자신 또한 있습니다. 하지만 제가 관직을 내려놓는다고 해서 장부를 쓰겠다는 말은 하지 않겠습니다. 그럴 바에야 태워버리고 말죠. 정국에 혼란을 주는 쪽을 전 원하지 않습니다. 그냥 흘러가길 바랄 뿐입니다.”

“흘러가길 바란 다라. 흐음.”

지악천의 말은 대체로 맞긴 했다.

누군가가 권력의 힘으로 자신을 억압하려고 한다면 ‘포두’라는 직을 내려놓고 무림인의 길로 접어들어도 상관없다.

거기다 지악천을 엮을 범죄적 사실 또한 찾을 수 있을 리가 없다.

또한, 지악천을 먼저 건드렸다가 그가 덤벼들 경우, 황창주의 말을 기반으로 생각한다면 그를 막을 수 있는 자는 사실상 거의 없다고 봐야 했으니까.

"하나하나 곱씹어보면 무서운 말이군. 분명 협박이 아닌데 협박처럼 들리니 말이야. 하지만 상대는 그런 사실을 모르지 않는가."

"그래서 그 부분 때문에 이번에는 누군가의 공으로 넘길 생각이 없습니다."

"이번에는? 이전에는 그랬다는 뜻인가?"

안찰사의 물음에 지악천은 그저 가벼운 미소를 지을 뿐이었다.

물론 그 부분 역시 안찰사도 모르지 않았다.

공식적인 것과 비공식적인 것은 다르니까.

사실 부임한 지 막 1, 2년 된 청강부 현령과 무다강 현승이 그런 일을 할 수 있을 리가 없으니까.

"안찰사님. 어차피 벌어진 사안은 바꿀 수 없지 않겠습니까. 그리고 이제 소식을 접한 곳들도 하나둘씩 생겨날 거고 지 포두가 저희와 연이 전혀 없다고 할 수 없는 상황이라 사전에 알려주려고 왔지 않습니까."

황창주는 그저 좋게 돌려 말했지만, 사실상 극단적 표현하자면 일종의 통보를 하기 위해서 온 셈이었다.

이런 일이 있으니 알아둬라. 그리고 다른 누군가가 묻는다면 모른다고 하든지 말든지 알아서 하라는 그런 통보 같은 것으로 보면 됐다.

하지만 결국엔 알고 있냐 모르고 있냐에 따른 차이는 너무나도 명백했다.

사건 개요를 어느 정도 알고 있으니 대처할 시간이 늘

어나는 셈이고 그에 따른 선택지가 늘어난다.

그러니 오히려 지악천이 안찰사를 위해서 아주 많이 배려했다고 봐야 할 정도였다.

물론 당사자가 그렇게 생각할지 안 할지는 전적으로 본인에게 달린 문제였지만.

"……"

그렇게 입을 다물고 있는 안찰사를 보면서도 지악천은 안찰사의 가부에 대해선 크게 별다른 생각은 없었다.

'안찰사가 이 이야길 거부하든 말든 상관없어. 지금 당장 장부가 내 손에 있는 것도 아니니까. 그리고 만약 안찰사가 암상이든, 사해전장이든, 대룡상단이든 어디서든 뇌물을 알고 받았든 모르고 받았든 받긴 했겠지. 그게 처음에 안찰사가 다소 흥분한 이유일 테니까.'

지악천은 세상에 깨끗하거나 남에게 말하지 못할 일이 없는 사람은 없다고 생각했다.

예를 들자면 황창주가 알고 있는 우내삼성의 무왕과 신승까지도 몇몇은 알지만, 대다수는 모르는 비밀들을 가지고 있지 않던가.

사람은 세상을 살아가다 보면 비밀을 하나쯤은 가질 수밖에 없다고 말이다.

이것이 도덕적이냐 아니냐의 판단은 오롯이 자신이 하는 거다.

그래서 그것이 '비밀'이라 불리는 것이다.

그때 굳게 다물고 있던 안찰사의 입이 열렸다.

"좋아. 자네의 의견을 전적으로 따르지. 특히. 자네가 장부의 내용을 변질하거나 사본을 만들지 않고 쓰지 않는다는 가정 하에."

"아주 특수한 상황이 아닌 이상. 이 장부가 그 누구의 손에 넘어갈 일은 없을 것이고 그에 따라서 영원히 장부의 존재는 드러나지 않게 하겠습니다."

"…특수한 상황이라 하면?"

굳은 표정의 안찰사가 한번 곱씹었다.

"어떤 누군가가 이번 일로 억지를 부린다면 어쩔 수 없지 않겠습니다. 특히 권력으로 찍어 누르려고 한다면 저도 그 권력에 맞춰 대항할 힘이 필요하지 않겠습니까. 물론 상대가 힘을 덤빈다면 굳이 장부를 쓸 이유가 없겠지만. 최악의 상황으로 간다면 앞서 말했듯이 포두 직을 잠시라도 내려놓는 것도 방법이겠지요."

"……아주 단단히 마음먹었군. 이해했네."

사실상 앞의 말을 반복한 셈이니 충분히 지악천의 생각을 충분히 들은 셈이라는 생각에 안찰사는 고개를 끄덕였다.

그리고 감정을 최대한 추스른 모양인지 살짝 숨을 내쉬었다.

"후… 이 사안에 관해서 결정은 끝났으니 후에 내가 어떤 결정을 내리든 이해해주길 바라네."

"예. 안찰사님께서 그 어떠한 선택을 하셔도 충분히

고심하셨다고 생각할 것이고 안찰사님에게 괜한 부담을 떠안게 만들어서 죄송합니다."

지악천의 말에 안찰사는 최대한 진지한 표정으로 아니라는 듯이 손을 들었다가 내리며 말했다.

"아닐세. 자네도 나름대로 날 배려했으니 먼저 나에게 얘길 한 것일 테니. 충분히 이해했네. 그리고 더 할 말이 없으면 둘 다 그만 돌아가시게. 배웅은 못 나갈 것 같으니 조심히 돌아가시게."

"아닙니다. 무리한 부탁을 들어주신 것만으로 충분합니다. 그럼. 다음에 다시 인사드리겠습니다."

그렇게 지악천과 황창주가 돌아가자, 인상을 잔뜩 일그러뜨린 안찰사가 한숨을 크게 내뱉었다.

그 역시 지금 자신의 위치가 한직이라고 생각했기에 뇌물 장부라는 것에 너무 욕심을 부렸다는 생각이 들었다.

거기까지에 생각이 미치자 참으로 못난 모습을 보였다고 생각했다.

한편 밖으로 나온 황창주는 옆에 있는 지악천에게 미안한 표정을 지을 수밖에 없었다.

명분이 어떻게 됐든 안찰사는 자신의 윗사람이니까 말이다.

"미안하게 됐구먼. 뜻밖의 기회가 찾아온 셈이라고 생각할 수 있는 거니."

애써 황창주가 안찰사를 변호했지만, 지악천은 별로

크게 생각하지 않고 있었기에 표정이 괜찮았다.

"아닙니다. 어차피 저 또한 안찰사님의 의견에 굽힐 생각이 없지 않았습니까. 그리고 황 교관님도 어제 어느 정도 예상했을 것 아닙니까."

"……."

"어차피 이러나저러나 한 번은 겪어야 했던 일 아니겠습니까."

"그렇지. 맞는 말이야."

지악천의 말에 황창주는 공감한다는 듯이 고갤 끄덕였다.

황창주도 관련과 힘에 밀렸으니까.

"아무튼, 곤란한 자리까지 함께해주셔서 감사합니다. 다음에 꼭 보답하겠습니다."

"아, 그러고 보니 암상. 아니, 사해전장과 대룡상단을 무림맹에서 뒤처리할 테니 자네에게도 결국 떨어지는 게 많겠군."

황창주의 말에 지악천은 숨길 생각이 없다는 듯이 고갤 끄덕였다.

"예. 그렇게 될 가능성이 높을 겁니다. 하지만 그렇게 나올 것들은 고리대금 처리하는데, 최우선으로 써달라고 얘길 해두긴 했습니다. 물론 도박이나 이런 쪽 말고 순수 생활고만 기준이긴 하지만요."

지악천의 말에 황창주는 어이없는 표정을 하더니 이내 묘한 미소를 지었다.

"자네 생각보다 금전적인 감각이 떨어지는군. 하늘이
다 주진 않은 모양이야."

설마 화경까지 오른 무인이 계산 감각이 떨어질 리가
있겠는가.

단지 이미 가지고 있는 이전과 비교할 수 없을 정도의
재산을 가지고 있어서 그랬을 뿐이었다.

하지만 황창주는 그 이상을 보고 있는 모양이었다.

"아무리 그렇게 쓴다고 해도 자네에게 떨어질 것이 최
소 못해도 4할쯤이 돼야 할 텐데 그게 얼마일 것 같나?
사해전장과 대룡상단은 금력으로 다섯 손가락에 들어
가는 수준인데."

"아."

황창주의 말에 지악천은 자신이 너무 한없이 가볍게
생각했다는 걸 깨달았다.

"자네가 받을 만한 금액을 정말 최소한으로 잡아도 금
자 천만 냥은 우습게 넘을 거라네. 중원에 퍼져 있는 사
해전장과 대룡상단의 이름값을 자넨 너무 낮게 봤어."

"……."

그 말을 듣고 나자 지악천의 머리가 빠르게 돌았지만,
결론을 내지 못했다.

이전과 지금을 다 통해도 지악천이 5대 상단이나 전
장과 연관된 적이 없었기에 자산규모에 대한 판단이 부
족할 수밖에 없기 때문이다.

"그 정도나 되는 겁니까?"

"당연하지. 세를 늘리기 시작한 한 곳도 아니고 두 곳이지 않나. 아무리 실제론 둘이 한 몸이었다곤 해도 금력으로 둘 다 이름을 크게 알린 곳이니 그 정도가 말 그대로 최소한이라는 게지."

황창주의 말에 지악천은 딱히 할 말이 없었다.

정말 이것저것 다 떼고 남는 건 많아봤자, 몇 십 만 정도로 생각했는데 황창주의 말대로 천만이 넘는다면 생각을 달리할 필요가 있어 보였다.

"아무튼, 다음에 크게 사는 거로 하시게나. 알겠나?"

"예. 알겠습니다."

웃으며 말하는 황창주의 말에 지악천도 그저 웃으며 대답할 뿐이었다.

지악천이 장사를 떠나 남악으로 향하기 시작한 시각.

무림맹 군사전에는 금화상련과 만상보의 련주와 보주가 찾아온 상태였다.

"크흠……."

"커흠……."

제갈군은 자신의 앞에서 연신 헛기침을 하며 앉아 있는 두 상단의 주인들을 보며 속으로 미소를 지었다.

'양쪽 다 속이 쓰리겠지.'

제갈군은 그들이 들이닥친 이유가 뻔히 보이는 만큼 여유로울 수밖에 없었다.

그리고 그런 제갈군의 눈치를 보면서도 상대의 눈치

도 봐야 했기에 대놓고 티격태격할 수 없었다.

"그러면 일단, 오신 이유는 뻔하니 두 분의 생각을 먼저 들어봐야겠죠? 방 련주부터 하시죠."

제갈군은 서로의 눈치를 보기에 아예 차례를 정해버렸다.

제갈군의 말에 눈치를 보던 방만공이 살짝 입꼬리를 올리며 마치 자신이 승리했다는 듯이 미소를 지었다.

"직설적으로 말하겠소이다. 이왕이면 두 곳 다 저희가 맡을 수 있다면 좋겠지만, 현실적으로 불가능하니 대룡상단을 인수하겠소이다. 금액은 금원보 한 궤짝으로 천 개로 생각하고 있소이다."

방만호가 말한 금액은 얼추 금자 1천 2백만 냥을 넘어가는 금액이었다.

금원보가 가득 찬 한 궤짝에 250개의 금원보가 들어가며 금원보는 대략 금자 50냥에 해당하기 때문이었다.

일전에 지악천이 흑연이 보낸 100만 냥의 금자 중 제갈세가를 통해서 금자 50만 냥을 받았던 것을 생각하면 엄청난 금액이긴 했다.

하지만 제갈군이 듣기에는 터무니없이 적은 금액에 불과했다.

"일단 만상보의 장 보주의 의견도 들어봐야겠군요."

제갈군의 말에 장금소가 승리의 미소를 지으며 크게 헛기침을 하며 운을 뗐다.

"커험! 금자 5천만을 제시하겠소이다. 대신에 한 가지 조건이 있소이다."

"말씀하시죠."

명쾌한 느낌의 제갈군의 목소리에 장금소는 슬며시 입꼬리를 올렸다.

"저희 쪽이 사해전장이든 대룡상단이든 상관없이 무림맹에서 안정기에 접어들 때까지 무력을 지원해주시면 좋겠습니다. 아무리 만상보가 수많은 표국과 연계하고 있다고 해도 한계는 명백하지 않겠습니까."

제갈군은 자신의 예상보다 큰 금액을 부르는 장금소를 보며 그럴 만하다는 표정을 지었다.

'역시 잇속 계산이 빠르군. 어차피 세가 커진 만큼 경비로 나가는 돈은 늘어날 테니 차라리 돈을 좀 더 써서 무림맹의 비호를 제대로 받겠다는 계산이군. 하지만 그렇게 되면 우리도 손해는 아니지.'

무림맹에는 항상 놀고먹는 이들로 붐비기 때문에 인력을 돌릴 수 있다면 나쁘지 않았다.

그리고 그런 제갈군과 장금소를 보고 있는 방만공의 속은 쓰려왔다.

자신이 제시한 금액보다도 훨씬 높은 금액을 지른 장금소의 방식 때문이었다.

자신은 계속해서 조율해서 최소한의 금액으로 맞추려고 준비했지만, 장금소가 상한선을 살짝 넘는 금액을 질러 단박에 비호까지 얻어내려는 모습에 오히려 자신의 체면만 구긴 셈이 됐기 때문이었다.

협상은 상인의 기본이지만, 때론 다른 이익을 얻기 위해서라면 약간의 출혈은 감수할 줄 알아야 했다는 걸 다시금 떠올리게 됐다.

'제기랄! 어쩔 수 없다.'

방만공은 예의가 아닌 줄 알지만, 어쩔 수 없이 둘의 대화에 껴들어야 했다.

"자, 잠시만! 금화상련도 5천만으로 올리겠습니다! 그리고 앞서 터무니없는 제안에 대한 사과의 의미로 백만 냥을 더 올리겠습니다. 대신 조건은 같습니다."

급한 마음에 끼어든 방만공의 모습에 장금소는 대놓고 비웃음을 머금은 얼굴로 그를 바라봤고, 제갈군은 최대한 표정 관리를 할 뿐이었다.

어차피 한쪽이 상한선 이상의 금액을 부른 이상 다른 쪽은 결국 따라올 수밖에 없다는 사실 때문이었다.

"금화상련에서도 그러하다니 알겠습니다. 하지만, 두 분 다 아시다시피 둘 중 하나씩만 챙길 수 있을 뿐입니다. 괜찮으시겠습니까?"

제갈군의 말에 장금소는 담담하게 고갤 끄덕였고, 방만호는 연신 식은땀을 닦아내며 고갤 끄덕였다.

"좋습니다. 금액 산정은 생각보다 금방 끝났군요. 두 분 다 많은 양보를 해주셔서 감사드립니다. 하면 두 분이 원하시는 곳을 써서 저에게 주시겠습니까? 만약 같은 것을 원하신다면 두 분이 합의하셔야 할 것 같습니다."

제갈군의 말은 너무나도 당연한 말이었다.

둘 다 어디를 원하는지 말하지 않았으니까.

물론 금화상련이나 만상보나 부족한 부분을 채운다는 생각이라면 택할 곳은 명백했다.

하지만 상대를 견제한다면 그 반대로 해야 한다는 생각 때문에 막상 군사전으로 올 때는 미리 결정했지만, 다시금 숙고해야 했다.

금화상련은 사해전장을 원했고, 만상보는 대룡상단을 원했다.

그리고 그런 사실을 제갈군조차도 파악하고 있었지만 그냥 지켜봤다.

그들이 멍청한 선택을 할지 아니면 현명한 선택을 할지.

거기다 이미 앞서 자존심을 내려놓았던 방만호 련주가 다시금 자존심을 내려놓을지 궁금했다.

하지만 그런 예상을 깨고 장금소가 먼저 입을 열었다.

"만상보는 대룡상단을 원합니다."

결국 훼방보다는 실리를 택한 장금소의 선택에 제갈군의 시선이 자연스럽게 살짝 찡그려진 방만호를 향했다.

"방 련주는 어떻게 생각하시오? 귀하도 장 보주처럼 대룡상단이오? 아니면 사해전장이시오?"

제갈군의 목소리는 극히 평범했지만, 묘하게 방만호에겐 빨리 대답하라는 듯이 들렸다.

"······사해전장이오."

짝!

방만호의 대답에 제갈군이 살짝 무거운 분위기를 해소하기 위해서 손뼉을 치며 말했다.

"일이 쉽게 끝났구려. 대룡상단과 사해전장의 각 지부에는 무림맹의 무인들이 파견되어 정리 중이라 며칠 시일이 걸릴 테니 두 분도 그 부분은 이해 부탁드립니다. 그리고 혹시 차후에 관에서 이를 가지고 문제를 걸 수 있는데. 그 부분도 저희를 통하시면 빠르게 해결해 드리겠습니다."

말은 그렇게 했지만, 제갈군은 그들을 압박할 관인은 없으리라 생각했다.

그들이 5대 상단이라는 부분도 있지만, 이미 지악천이 상덕(常德)을 떠나면서 향하던 방향이 남악이 아닌 장사라는 소식을 전달받았기 때문이었다.

그 후에 다른 세부조건들을 마무리한 후에 방만호와 장금소가 돌아가자, 제갈군은 의도하지 않은 여유 시간이 생겨버렸다.

끼이익.

제갈군은 잠시간의 여유를 즐기기 위해서 등받이에 대고 크게 기지개를 켰다.

'정말 미쳤다는 말밖에 할 말이 없군.'

금화상련과 만상보에 받아낸 금자를 합치면 무려 1억 하고도 1백만 냥이었다.

무림맹으로선 말 그대로 움직이지 않고 입만 놀려 막힌 코를 푼 셈이라고 볼 수도 있겠지만, 실제로 무림맹이 챙길 수 있는 금자는 아무리 많아도 1천만에서 2천만 냥 사이 정도가 전부였다.

물론 그 금액이 부족하다는 것은 아니었다.

무림맹은 그만한 금액을 받을 정도의 인적자원을 충분하게 소비하고 있었다.

그리고 지악천이 요구했던 대로 각지에 사해전장과 대룡상단에 고리대금으로 고통 받았던 이들을 구제해 준다면 대략 남은 금자인 8천만 중 넉넉하게 잡아서 절반은 쓰일 것으로 예상했다.

그로 인해 지악천에게 주어질 금액은 아무리 적게 잡아도 금자 사천만 냥은 될 듯싶었다.

'단체가 아닌 개인이 가실 수 있는 금액치곤 대단하군.'

무림맹도 지악천 덕에 자금줄에 숨통이 트였지만, 지악천은 10대손까지 이자로만 놀고먹어도 다 쓰지 못할 금력을 손에 쥔 셈이었다.

'어느 전장이 그 금자를 다 받을 수 있는진 모르겠지만, 중원에 존재하는 대부분의 전장이 지 포두를 마치 신처럼 바라보게 되겠군.'

지악천이 장사에서 남악으로 돌아온 지 어느새 보름이나 흘러갔다.

처음 남악으로 돌아온 후에 현령에게 이러저러한 이야기를 할 당시에 영혼이 빠져나간 듯한 표정을 할 정도였다.

　하지만 지금은 그러려니 하는 듯한 모양이었고 그 후부터는 다른 이들에게 그에 대한 언급을 아예 하지 않았다.

　현령의 반응만으로도 다른 이들의 반응을 충분히 예상하고도 남았다.

　물론 당사자인 지악천 역시 아직 제 손에 들어온 것이 아니기에 그다지 실감하지 못하고 있을 뿐이었다.

　그렇게 평상시처럼 지내던 와중에 오래간만에 제갈수가 지악천을 찾아왔다.

　"커흠. 보름만인가?"

　"예. 그러네요."

　무슨 일로 찾아왔냐고 물을 만도 했지만, 지악천은 그런 기색을 찾아볼 수 없었다.

　"크흠! 받게나. 무림맹에서 온 서신이네."

　다소 평소 같지 않은 지악천의 반응에 민망함을 느낀 듯한 제갈수가 품에서 빠르게 서신을 건넸다.

　"감사합니다."

　지악천으로선 왜 무림맹의 서신이 제갈수에게 전달됐는지는 모르겠지만, 일단 자신에게 왔다니 그 자리에 바로 펼쳐서 읽어 내려갔다.

　"아······."

서신을 보낸 사람은 당연하게도 제갈군이었다.

내용을 읽던 지악천의 눈이 크게 흔들렸지만, 제갈수는 서신에 가려졌기에 볼 수 없었다.

서신의 내용은 지악천이 해달라고 한 다음에 남은 금액을 적었고 밑에는 어디로 어떻게 보내냐는 질문이 쓰여 있었다. 그리고 그에 대한 답은 제갈수를 통해서 자신에게 보내라는 내용이었다.

"형님이 뭐라고 하는가?"

제갈수의 물음에 정신을 차린 지악천이 답을 했다.

"…일전의 일 때문에 보내셨네요. 답신을 보내 달라고 하시는데 제갈수 장로님을 통해서 보내라고 하시고요."

"칫."

그저 혀를 차는 모습을 보니 제갈수는 지악천이 뭔 일을 벌였는지 아직은 잘 모르는 것으로 보였다.

"그러면 답신 보낼 때 찾아오게나. 난 언제나 장원에 있으니."

말을 끝으로 돌아선 제갈수는 자신이 무슨 전령이냐고 구시렁거리면서 돌아갔다.

지악천은 다시금 서신을 펼쳐 보이며 남았다고 쓰인 금액을 다시 한번 확인했다.

금 자   사 천 칠 백 칠 십 일 만 삼 천 오 백 팔 십 사 (四千七百七十一萬 三千五百八十四).

단순히 금자 50냥인 금원보로 따져도 95만 개가 넘어가는 수준이었다.

'대충 오천만 냥이나 마찬가지잖아?!'

화경을 이룬 지악천이 일순간 아찔해질 정도로 상상을 초월한 금액이었다.

"도대체 얼마나 받았던 거지?"

이 의문은 당연히 사해전장과 대룡상단을 팔아넘긴 무림맹에 있을 제갈군을 향한 혼잣말에 가까운 물음이었다.

지악천은 제갈군이 이렇게 어마어마한 차액을 자신에게 넘길 정도로 높은 액수를 결정했다고만 생각했다.

하지만 그런 지악천의 예상과는 달리 제갈군은 별다른 말 없이 사해전장과 대룡상단을 총합 1억 백만 냥에 넘겼다.

그와 별개로 이곳저곳을 수색하는 중에 대략 금자 2천만 냥을 조금 넘어갈 정도의 수많은 곳의 땅과 가지각색의 예술품 그리고 중원 곳곳에 자리한 장원들까지 찾아내 모조리 부수입으로 건져낼 수 있었고, 그조차도 각 상단에 매각한 결과였다.

그렇게 총합 금자 1억 2천 1백만 냥이라는 읽기만 해도 아찔한 금액에서 무림맹이 대충 3천만 냥을 챙겨가고, 남은 9천만 냥 가지고 지악천이 말했던 것들을 전부 처리하고 남은 결과가 거의 5천만 냥에 근접하는 돈이었다.

자세한 세부내용이 적혀 있지 않아서 지악천이 잘 알

진 못하지만, 그만큼이 남았다는 것은 확실하다는 뜻
이었다.

'이 정도면 남악 일대를 비롯한 주변의 모든 땅을 사
도 돈이 남아돌겠는데?'

그 정도로 사실상 지악천의 손에 이 돈이 넘어오는 그
순간부터 개인 기준으로 부호로 최고로 우뚝 서 있을
수 있다고 볼 수 있을 정도였다.

"이걸 내가 정말 받아도 되는 거야?"

지악천은 그저 황창주가 말했던 금액보다 훨씬 많았
기에 별다른 생각을 하지 않던 머릿속이 복잡해졌다.

〈다음 권에 계속〉

어울림 BOOKS
신인 작가 대모집!

어울림 출판사는 무한한 상상력과 뜨거운 열정을 가진 작가 여러분을 기다리고 있습니다.
창작에 대한 열의가 위대한 작품으로 꽃피울 수 있도록 저희 어울림 출판사가 여러분의 힘이 돼 드리겠습니다.

지금 도전하십시오!

모집 분야 : 판타지, 역사, 무협, 로맨스 등
모집 대상 : 아마추어, 인터넷 작가등 열정을 가진 모든 작가
모집 기한 : 수시 모집
작품 접수 방법 : 당사 네이버 카페 또는 이메일을 이용해 주십시오.

파일 형식은 제한이 없으나 원활한 원고 검토를 위해 '.HWP' 형식으로 보내주시고, 파일에 연락처도 함께 기재해주시면 됩니다.

채택된 작품은 정식 계약을 통해 출판물로 간행됩니다.
간행된 출판물은 당사의 유통망을 이용하여 전국 서점으로 배포됩니다.
※ 문의 사항은 **네이버 카페(http://cafe.naver.com/oulim0120)**를 이용하시기 바랍니다.

경기도 고양시 일산동구 장항동 43-55 성우사카르타워 801호
어울림 출판사 신인 작가 담당자 앞
전화 031) 919-0122 / **E-mail** 5ullim@daum.net

OULIM MODERN FANTASY

소중한 것을 잃어야 했던 대한민국 육군 대위 이강현과
신비롭고 엉뚱한 말괄량이 드래곤 유나 클라시스가
함께 만들어가는 통쾌하고 시원한 모험 이야기.

아무것도 가진 것 없는 맨주먹의 남자가 세계 최고 기업의 총수 자리에
오르기까지 한 단계씩 성장하는 과정과 어디로 튈지 모르는 천방지축
말괄량이 화이트 드래곤 유나 클라시스의 예측하기 힘든 행보로.
만족감을 느낄 수 있다.

때로는 가슴이 저릴 만큼 애틋하고
때로는 한여름의 더위를 날릴 만큼
시원한 청량음료와 같은 통쾌함을 함께 안겨줄 작품.

검은 늑대

K.석우 현대판타지 장편소설

어울림

고구려를 먹다

다물 대체역사 장편소설

옛 고구려 땅에서 발견된 영고대.
세상의 중심이길 원하는 중국이 탐욕을 드러내고,
권오성에게 회수 명령이 떨어진다.

시간을 거슬러 고구려에 떨어진 오성.
고구려의 멸망은 일어나지 않는다.
삼국을 통일하고, 대륙으로 시선을 돌린다.

이제 삼족오기 아래 천하가 요동친다.

어울림
BOOKS